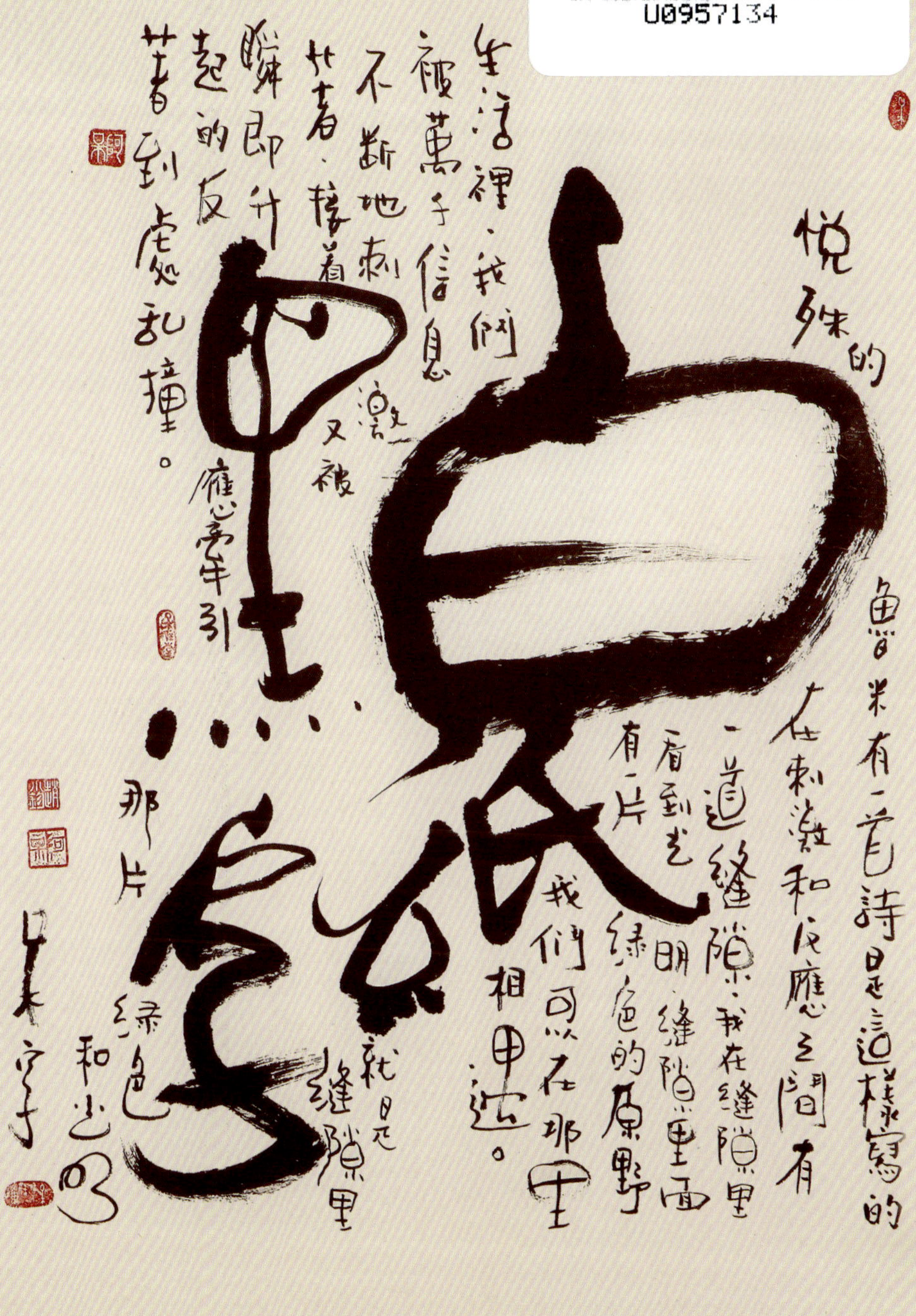

悅殊的
魯米有一首詩是這樣寫的
在刺激和反應之間有
一道縫隙，我在縫隙里
看到光
有一片
明，縫隙里面
綠色的原野
我們可以在那里
相遇。
就是
縫隙里
綠色
和心吧
那片
生活裡，我們
被萬千信息
不斷地刺
激
著，接着
又被
瞬即升
起的反
應牽引
著到處亂撞。

谨以此书献给那些虽不以文为生，但仍视读书写字为本分的人们。

白纸黑字

悦殊　著

中国发展出版社
CHINA DEVELOPMENT PRESS

图书在版编目（CIP）数据

白纸黑字 / 悦殊著 —北京：中国发展出版社，2016. 10
ISBN 978-7-5177-0576-5

Ⅰ. ①白… Ⅱ. ①悦… Ⅲ. ①散文集－中国－当代
Ⅳ. ①I267

中国版本图书馆CIP数据核字（2016）第225851号

书　　名：白纸黑字
著作责任者：悦殊
出 版 发 行：中国发展出版社
（北京市西城区百万庄大街16号8层　100037）
标 准 书 号：ISBN 978-7-5177-0576-5
经　销　者：各地新华书店
印　刷　者：北京科信印刷有限公司
开　　本：880mm × 1230mm　1/32
印　　张：6.375
字　　数：150 千字
版　　次：2016 年 10 月第 1 版
印　　次：2016 年 10 月第 1 次印刷
定　　价：38.00元
联 系 电 话：（010）68990535　68990692
购 书 热 线：（010）68990682　68990686
网 络 订 购：http：//zgfzcbs.tmall.com//
网 购 电 话：（010）68990639　88333349
本 社 网 址：http：//www.develpress.com.cn
电 子 邮 件：10561295@qq.com

序
Preface

书写的意义

我们为什么要书写？

书写的意义何在？

这个问题的实质是：我们这些人，这些既没有受过专业文字训练、又不以文字为职业的人们，为什么要写这些文字、为什么会坚持不懈地写？

这个问题看似简单，甚至有些不言而喻，但当我真的把它摆在自己面前时，却发现它几乎是个哲学问题。

我们为什么活着？我们是否需要证明我们活着？我们又怎样在身后证明我们活过？

我曾经问过很多人：你爷爷叫什么名字、做过什么，你的奶奶呢？你太爷爷叫什么名字、做过什么，你的太奶的奶奶呢？极少有人能全部答出这些问题。

这让我们说什么好呢，真的不敢细想：其实不过百年，我们大家就忘记了，忘记了自己的祖先。我们又怎敢奢望我们自己可以一直被人记得。

而我们，是否真的能够容忍这样一个事实：一切都会死亡，一切都会过去。

是的，或许文字可以被留存下来，文字可以证明我们活过。然后我们就敢于骗自己说：我或许赌一下，在某一种意义上可以超越死亡。

当然，我们即便写了、把文字留下来了，就一定会被记得吗？

答案几乎是肯定的：不可能。

犹如海中的漂流瓶，几乎不可能真的凭了天助，穿越汪洋泊到收信人手里。

然而万一呢。这里有着细若游丝的希望啊！所以仍然得写。明知不可为而为之。精卫填海、愚公移山，那个时候，他们是信的；所以我们，也信。

于是又有了另外一个天问：我们怎样才能确信不疑？

世上有些道理是可以被证明的，而有些则不能。

因为可以被证明或者可以被论证，所以相信，这是一般的逻辑，不是信仰。

贞信何须证明。犹如上帝、佛、爱、公理，这一切，有谁获得过证明吗？

所以深爱印光大师的句子：起信即生。

信，足矣。

当然，更为要紧的是，书写本身其实就是报偿，难道除此之外我们对于书写还可以报有更多的奢望吗?

当我们面对自己，当我们发现时光以这种方式凝结在我们面前，当我们发现我们那平庸绝望的生命原来可以被文字照耀得熠熠生辉，犹如一颗被灌透了阳光而熏熏欲醉的树，当我们发现我们那么地爱着经由自己的手写出的文字，当我们像欣赏奇迹般欣赏着这些文字，当我们在不可置信的惊奇和洋洋自得中忘却了包括时光本身在内的一切，此刻，我们不是已经成为诸神的宠儿了吗?

是的，我们中的有些人，是一定要写的，对于我们而言，让文字从自己手里流淌出来就象活着本身一样：无需解释、无法割舍。

是的，我们书写，我们把白纸黑字摆在自己面前，我们开始时是为了安慰自己，让自己相信我们可以以这种方式得以永生、至少可以用这种方式证明自己活过，而后来，我们发现这个过程竟然如此优美，以致于结果如何竟不那么重要了。

我们迷失在这样无与伦比的诱惑里，忘记了初衷。于是我们经由漫无目的的书写，而获得无始无终的幸福!

悦　殊

2016年10月1日

目录
Contents

京蕴

人艺[1]观戏记

《茶馆》是老戏，老人演过了，新人再演，老人看过了，新人再看，新人再成老人，一路过来，演不完，也看不完。

去人艺看戏，远远地就“闻”得退票的、等票的，一水儿脆亮的京片子，精妙无痕，没进大门，序幕就开始了。看人艺的戏，场内场外，戏中有戏，值。

进门后得先买海报。就这么一张纸，十块钱，是贵。可是，俭省也不能在这上头，买，眼都不眨，半句怨言都没有。没辙，谁让咱好这个。心里塌实了，才会去寻自己的座儿。

开场的时间已过了20分钟，还是不熄灯。先是有人鼓倒掌，然后就是一大片倒掌声。更有心急的吹口哨。过了这么长时间都不言语一声还行！这就是北京人吧，眼睛里揉不得沙子，该喝倒彩的时候决不含糊。任你是谁，也不能不把爷们当回事儿。

掌声如潮。倒掌的声音只可意会不可言传。

---

① 北京人民艺术剧院的简称。

刹时间灯暗了。大幕裂开了一道口子，那里边就是前朝另代的人和事了。大伙一下子就静了下来，一心一意地跟了戏进去。

人艺的戏，还用说吗，尤其是《茶馆》，是人艺的，也是北京人的心尖子，连配角嘴里的半个字，都是煞费苦心熬出来的，几个当家的角儿更是光彩夺目。

不知不觉，戏罢。台下的掌声如梦方醒。大幕未及合稳，就又被催开。演员们倾巢鱼贯而出谢幕。可这时，杨立新却一反规矩又走到话筒前，台下立时静了。“观众朋友们，我们人艺刚刚开始使用电控灯光，经验不足，耽误了开演，耽误了大家的宝贵时间，请大家多包含、多原谅。在这里我代表人艺向大家道歉了”。

说罢，杨立新一揖及地；身后，二十几号人齐刷刷地躬身插手、低眉顺目。便是濮存昕、梁冠华这等一脑袋光环的角儿亦绝无例外。满台上没有一个人跟那倒霉的灯光事故有瓜葛，可戏衣油彩下的道歉是那么规矩、那么诚心——凡是人艺场子里的闪失，就是人艺每个人自个儿的闪失，人艺这块招牌，谁敢砸?

“好！”自有大爷们给台上的人一个大大的台阶，那声音豁亮劲道，短促又回味无穷，此起伏彼，未经排练可又默契得严丝合缝。若说角儿们“台上一分钟，台下十年功”，台下大爷们那句“好！”也是真工夫，怎么着也得百炼成钢啊。这么地道的几声“好”，换个地方哪听去？谁离得了谁呀。

紧接着就是铺天盖地的掌声。北京大爷们是较真儿，是矫情，可决不小气。人听一句话，佛受一柱香，更何况人艺又是这么可人疼，人家艺术家都把话说到这个份儿上了，再加台上那一揖一躬，成了。北京爷们讲的就是一个理呀。

不觉间，那携风带雨的掌声变得节奏分明。台上那红似血、热似火的幕，合拢了，又拉开，几反几复，那一行角儿，去了，又来。台下的人早已全体起立。

北京人讲究有始有终。能在这时候急着赶车回家的人，也就不会上这来看人艺的戏。

最后，不是人走了，而是戏随人回了家。人艺就坐落在北京人的心里。

人艺的戏，容天容地，容生容死，真假莫辨。总会被他们感动，总会乐此不疲地信以为真。人艺每上一台戏，甭管新的老的，总会是北京城里的一件事，报纸上有字、广播里有音、电视上有影，人艺的哪个资深老者，无论在台上还是台下谢幕而去，总会引来半城的目光和慨叹。

说真的，人艺不出在北京，又能出在哪儿；北京不出人艺，又哪出得了人艺。

“活见鬼”的金鼎轩[1]

夜深了，路绸缎般顺滑。不堵车了，没有人了，竟会觉得诡异。是那种电影布景里的恍惚，真假无垠。

“饿了就去金鼎轩吧。鬼街拆了，它就搬到这边来，还是昼夜营业，还是那么火。”于是就跟着去了金鼎轩。四周乌鸦鸦的黑，只有金鼎轩的招牌亮得夺目，远远地见到门前卧了一只神态张扬的麒麟。

偌大的停车场，静得听得见心跳，竟连盏灯都没有，恍惚间觉得黑暗深处的一排排车不是由人开来的。

大门是转门。一转进去，鼎沸的人声洞穿耳鼓。刚要定定神，传菜的姑娘小伙已从烟雾中闪出来，托盘里的怡红快绿，热气腾腾的，转眼就上了桌。

一层楼已经满座，上了二楼，只有与陌生人拼桌才勉强坐下了。

---

①京城首家开创“24小时营业”理念的餐饮企业。

桌子正中立了一块又大又厚的菜牌，象征性地把两班人分开。菜牌的两面都是菜谱，两边都看得见。掩耳盗铃又物尽其用，真妙。

与我隔着菜牌相临的是一个艳妆美妇人，吸着一只粗重的雪茄，一身雪青色的运动装外，披了一幅名贵的驼色开司米披肩。我被这任性的女子迷住了，不看菜牌只看她；她也正以含笑好奇的目光望着我，我不好与她对望收回目光，眼角还是扫到她面前点的是水晶虾饺和煮青豆，她点的食物也是风马牛不相及。

右边桌上是一群外国人，都用筷子熟练地涮着火锅。

斜对面有一对中年男女，面前的盘碗里堆得满满的，可二人一瞬也不瞬地盯着对方的眼睛，仿佛已立誓不再食人间烟火。其间恩怨定是一言难尽吧。真想替他们叫一道糯米香藕的菜名，作个藕断丝连的注释。

正前方的一群人最有气势。男士全部大腹便便、眼袋垂垂，女孩子们个个年轻鲜艳得吹弹得破，她们看样子也知道自己的特色，穿了各式露肩的衣裙，颈上胸前各有物件闪闪发光。举案大嚼的同时，欢声笑语震彻屋顶。还有一对勾肩扣指，耳语淹没在香气里，并不去碰桌上的各路美味，或许这即是秀色可餐了吧。

再看进进出出的食客们，真是眼花缭乱，看不过来，更数不过来；服务生迎来送往，脚不沾地，站着的人和坐着的人一样多。简直是交叉上演的话剧。

“吃吧，怎么光看不吃啊？”友人催促下，我听了这才拿起了筷子。夹一只小笼包子放在嘴里，微烫的汁水浓香四溢，再佐一块泡椒凤爪，味道异香异气，也真是，东西南北的菜，才好配合黑白朝野的人。

真不敢相信这竟是伸手不见五指的夜，而离开了鬼街的金鼎轩竟仍有如此的阵势。只觉得不像真的，这样的时分、这样的地方，哪里聚来的各路的人马。

我味口大开，饿鬼般喝了一碗，又再叫一碟，到结账走人时，几乎要扶着桌子才能站起来。

楼梯上，服务生们排着队、挥着汗，杯盘碗碟一批批往桌上送。我也真不明白哪里来的这么多饕餮鬼，看样子天亮时也喂不饱他们。

加快了脚步，我得赶在曙色降临前离开这里。忽然就有些怕，也不明白为什么，怕黑暗散去，怕在这样的地方见分到分明的天地。

我过虑了。门一转，人也就又掉进了黑暗里。外面仍黑得无涯，车场里偶尔被车灯刺一下就又暗下去，然后就分外地黑了。

钻进车里，椅子冰凉地贴着身体，瞬时间，刚才的热闹就随身体里的热气一起消散了，仿佛我并不真的进过金鼎轩。

车滑出车场，上了主路。一回头，金鼎轩仍亮得璀璨，像从天而降的一座岛抑或一艘船。

不是不留恋的。金鼎轩里，谁都没有觉得在这样的时分出动有任何的不妥，谁都不必知道谁，谁都不必向谁解释什么，谁与谁都不同，谁又都可以如此自在。

谁会没有若干不可告人之处，大家心照不宣也就是了。

车在静得不真实的路上滑动。

“看，那是原来的鬼街，金鼎轩原来就在鬼街中段。”我顺着那只手向窗外望：没有灯火，没有人也没有鬼。

我轻轻笑了，这算哪门子的鬼街。鬼街应该像金鼎轩那样，是所有“夜游鬼”的驿站。

金鼎轩如今的地方才是真正的鬼街，那里才可以见得到“活鬼”。

珠玑

初冬时节的黄昏，王府井照例通街灯火在云蒸霞蔚。

即便在这样的地方，这家以出售名表闻名的老店依旧艳冠群芳，风华不减当年。

就算是在几十年前，这里的百达翡丽、宝玑、江诗丹顿们也没有被赶走，安稳得如同台风中的深海海床。如今世易时移，现代技术支撑下的灯光里使得诸色金钻分外夺目。我被那炫光引着，身不由己地已经站在了一排排珠宝般的手表前。

我缓缓地移步，玻璃柜里跳跃的火彩让我的心动：身为女子，谁能对那不可思议的光芒无动于衷。

我最终站立在一只镶钻的金表前简直不想走了：表身亦方亦圆，表链单看起来是只细腻的手镯，全身的金和钻配得恰到好处，镶工经得住推敲，虽是黄金，却绝无暴发气，它亮得无邪、亮得悠闲、亮得无话可说。

“小姐您好眼光，这款表虽然不是这里最贵的，却是品位最高雅的。”我一抬头，才发现面前是一位西装革履的伙计，大概已经留意我多时了。

“小姐您不试试吗？”尽职尽责的态度，其实这个邀请正合吾意。

“我只是想试试，试了也不会买的。”话得说清楚的，不然人家还不得觉得我太没深浅了。伙计身上这身贵气讲究的老式西装不说，人家那言谈做派令人一望，便知不是等闲之辈。

“这样的东西，往往不需要自己付钱买。”他精道地沉默了，点到为止。

“你卖出的这种表里，难得有女人自己付钱的？”我不禁有些好奇，八卦本色暴露无疑。

他不动声色地笑了，不置可否。哈，老店里的伙计就是有规矩、知进退。

“只怕收了这样的礼物，要付更大的代价，才能把自己赎回来。”我真是有话藏不住。

“只怕收了这样礼物的人，都盼望着万劫不复呢，还赎什么。”他的目光迅速地在全店扫了一圈，浮光掠影间，店面里形形色色人等已尽收眼底。我随他的目光望过去，可不是，世间种种故事，在人的脸上写得如此分明，怎么我以往竟看不见呢。

“这样的东西，还是自己买的好。再说这钻，论分量，定价钱，跟白菜又什么分别。当真好的东西，必是独一无二才行。谢谢你了。”

“小姐，我请您试试的时候，就没说您非得买下它。”

他说着已双手捧出了那团炫光。我这才看清，连表链搭扣上也饰以典雅的品牌标识。

“您请。”没有女人能拒绝这样的建议。

当那只精致无痕的搭扣扣拢时，我只见自己的手和整个腕子都被照亮了。这只表像进了花瓶着了水的花，呼吸间一下子成了活物，牢牢附着在我心里不肯动了。

但，我还是轻轻解开那只扣子，笑笑，也双手将那宝光奉还。

他于是也笑了：“小姐，这东西到底跟白菜不完全一样，何况戴着这表，吃着白菜也未尝不可。再说好东西未必非得独一无二，稀有贵重就挺好，何必跟自己较劲呢。以后您买这块表的时候，一定来我这儿，我一定给您打个好折扣。”说话时，他用心地擦拭着刚刚我们留在表上的指痕，并没有看我。

“如果有那一天，我一定来找你买。”我在“你”字上加了重音。

出门的刹那，我回头望去：那伙计仍静静地立在柜台后面，目光在灯火、人群和钟表间游弋，那目光原来亮得锋毫毕现，直如雨过天晴云开处，亮得透彻洞悉，亮得罩得住满室风光。只是，他很快又垂下头，低眉顺目地用一块软布拂拭着柜台，没有人留意他。

我的心里是窃喜的：在这家老店，我竟有缘撞到了这座古都里无数珠玑中的一个。

素描北京站

北京站当然是没有片刻安静的。怎么能安静呢，赶火车的人个个大包小裹，纷纷吆喝着，呵斥着同伴、不听话的孩子、迫不及待招揽生意的小贩，维持秩序的协警和车站内勤执一只喇叭，用喊破了的嗓子高喊：“排队！排队！”再加上找人的、接人的、送人的，更有那无比雄壮的汽车喇叭，哪个嗓门会小呢。人车混合的浑浊声响被北京干燥的风搅得均匀，浑然成为轰鸣的背景声。

南来北往的脚步来去匆匆，过客的神色大都是茫然、焦灼，万难见到安宁从容的目光。这里虽说是必经的驿站，但谁都明白决非久留之地。所以大广场这边的气场总是动荡散乱，不成气候。

北京站真正神气活现的还是在这里讨生活的各路神仙。

站西边皆是铺子。卖的是各种方便物品：旅途中几乎人人要食用的水、面、咸菜、包装严实的糕点、真空装的烤鸭、便宜的包。守店的伙计姑娘们安然坐在铺面里，自有姜太公般的尊严，他们是这里的生意人，日夜进项，旱涝保收。

他们的价钱自然是贵的，谁让这地方寸土寸金。不过生意总是很好，穷家富路，再说那些个东西也真是有用处的。

小饭铺的生意要热闹些。“热面条，包子，饺子，粥”，“馅饼、茶蛋、羊肉汤”，“油条、咸菜、豆腐脑”……吆喝得纯熟利落，比相声里好听得多。有的老板怠慢偷懒，索性放着现成的录音，但总不及真人真力的吆喝显得诚心，成效自然就不同。面孔红红饱满如苹果的女孩子，又纯又辣的目光瞪着你，脱口就圆畅地叫：“热豆浆哎！”——谁会再往别处挪步。

卖地图的不知为什么都是老太太。手里只拿了一张轻轻地招展。卖出一张，手里马上又出现一张，其余的不知放在何处，变戏法似的出神入化。

摆地摊卖水果的大妈最妙：席地盘脚，面前用旧的方巾垫着，摆一堆灿烂的柿子就算开张了。旁边是两瓶水，两袋面包，有人买就做个顺水生意，没有人买就自己享用掉，不亏。远远闻得城管来了，将围巾对角一系，就是个包袱，起脚踢飞矿泉水的空瓶子，一转身就成了赶车的乡下大嫂，城管警惕茫然地四下巡查，她却在人丛中狡猾地笑了。

最有声势的当然是倒票的，手里举个牌子，济南，大连，长春，广州，上海，乌鲁木齐……有你去不到的地方，没他搞不来的票。谁要当真有个急事找到他们，把你领到九曲十八弯的所在，路上早已有人将一切安顿妥当，你一手交钱，他一手付票，明码实价，安全正点，童叟无欺，他们有他们的套路和规矩，比遍游四方的火车还神通广大。其中奥秘，谁都明白，只是他们野火烧不尽，春风吹又生，看客们早已多见不为怪了，渐渐就习以为常。

人最多的地方是出站口，大伙儿摩肩接踵地伸长脖子，目光也伸向一处。忽见一个矫健的身影灵活地穿过人流往外跑，身后是一个拄着拐杖的老者蹒跚地追，他的白头与胡子全都又长又白又乱，破旧的衣裳，胸前挂了一个装钱的罐头盒，裤子少了一条腿，因为腿少了一只。他显然追不上那年轻人了，索性停住，喘着粗气，以苍老的西北口音破口大骂："你欺负我一个孤身老瘸子，你不得好死啊！"

钟声突然响了。晴朗而均匀的钟声，盖过百种世声，在广场上缓缓行进，君临万物的脚步下，北京站有吐有纳，浓墨重彩。

逛公园

全赖那颗上了火疼得钻心的牙，我才会起那么大的早到医院去挂号，而挂完了号离医生上班居然还有两个小时。要不是那公园离医院又只有一墙之隔，我怎么就会那么闲，怎么就会忽发奇想地要逛公园。

于是，一个人在一个既非周末也非假日的平常早晨真去逛公园了。

本以为这里挺冷清，不想远远地就听得有人在唱："雪霁天晴朗，腊梅处处香""好花采来瓶中放，伴我读书习字，共度好时光……"

寻声去看那些歌者，有那么二三十个，都不年轻了，看样子三山五岳的人士大约也都有。在歌里，个个脸上的纹路都开了花。队列边上的草坪上有一堆儿旧布包和竹篮子，各自的萝卜白菜在晨雾和歌声里水灵灵地闪着眼。歌声又透又亮，该错落时错落，该齐整时齐整，我这外行人都听得出这是真工夫。我听得入了神，不觉间对面已站了一位挎着菜篮子的大妈："明儿来一起唱吧。"笑容沁人心脾。我哪里敢应，这不是班门弄斧吗？

赶紧沿着石径往深处走。

迎面走来一位老者，左手拎了一只旧铁桶，桶里的水显然是刚刚从湖里汲来的，桶沿上还在滴滴答答。老者右手拎着一只用旧布扎成的拖把，圆头、木杆，怎么论都只是一只旧拖把。

老者在石径前沿站定，将拖把在铁桶里蘸了蘸，提起来拎拎水，步履均匀地边走边退，在地上写起字来。那水顿时变得浓绸深厚，墨般地在旧木桶里候场。老者的臂、手、拖把一气贯通，勾勾复折折，那拖把早失了重量，轻盈得如稚子手里的一根羽毛，且飞且舞间，地上便铺展开了两条清癯俊逸的龙。老者最后将笔沉沉压住再轻轻一提，算是点睛：石级有尘轻风扫，山门无锁白云封。

那字迹如刻似镂，片刻间已是水滴石穿。被这等气势一逼，石径柔软得似一张透明的生宣。

却见老者轻舒一口气，脚刚好踏在石径与草地的交界处，半步不差。身边看客中已是赞声一片。老者并不应声，顾自携笔转身。只听得水桶里当啷一声，刚才那支魔力附体的笔离了老者的手，立时失魂落魄，又成了一只家常旧拖把，除了洗得出奇地干净，便毫无悬念了。

用目光再一寻，老者已在那边用那旧拖把蘸着旧铁桶里的水，一丝不苟地擦洗着小桥的栏杆。

回头看，那两条龙已翩然升天，石径依旧安然卧在草丛深处。

我几乎楞在那里。

“买一付九连环回家解吧。”来者手里叮当作响。

我一下子笑了：“这个我打小儿就会解。”这人却很叫劲：“那您拆完了会装回去吗？”“不会。”“那算什么会解？！得有来有往，拆开了还能原样儿装得回去才算是真的解开了。”我听得似懂非懂，到底还是敬服地买了这副九连环，留待日后慢慢地解。

谢过他，我向园子角门走去。这回迎面撞上个活神仙，我也不会觉着新鲜。

这样红尘滚滚又仙气氤氲的地方，我喜欢。

如来

忘不了与《金刚经》结缘的那天。

20年前，互联网对于凡人还只是一个不新奇但也不那么方便的邮箱而已，书市还是爱书人买书的好去处。

那年盛夏，书市开张之后，我特特地挑了个闷热的大太阳天去逛，选这样的坏天气自然是为着人少、清净些。可是一进大门就知道自己算计得不对：北京人买书日日是好日，想图清净还逛哪门子书市啊。

早年间好容易淘到一本印得毫无瑕疵的《张猛龙碑》，跟着我山山水水地辗转，后来被一位亲戚“文雅”地自行带回家里去了。从那天起，我心头就少了块肉，想不疼都难，怎么都过不去。《张猛龙碑》自然是此行的最大念想。

在多不胜数的书摊中被人流拥着向前，晕头转向，于是干脆放弃了找《张猛龙碑》的想法，走马观“书”，整个人像吃了兴奋剂，被蛊得看见什么买下什么。

只见有人持着一只简陋的小喇叭吆喝："三折了！二折了！一折了！"旁边有人半真半假地搭腔："赔了您呐！"笑声一片，有爱凑热闹的甚至在旁边叫起好来。

我夹在人流里，不要钱一般地搬着形形色色的书，手上越来越沉，荷包里越来越轻。

待劈面撞上了卖帖子的摊儿，只觉得人声一下子就没了，耳朵里静得都发空——门面最醒目处，可不就是那梦牵魂萦的《张猛龙碑》。我轻轻地向前移，仿佛面前是一只随时会振翅飞走的喜鹊。低头看自己的手还不算脏，这才扶着边捧起了它——久违了，《张猛龙碑》。抚着如镂似刻的书页，舍不得抬头。

"您买这书，15块。"闻声移过目光，说话的是位面色红润的老者。我翻到书脊的标价：30元。似在回答我疑问的目光，老者道："我看得出您是当真喜欢这帖子。"他嘴里在"真"字上加了力，生怕我听不懂似的。仿佛为了证明，他亮开嗓子吆喝起来："看绝版珍品字帖喽，九折优惠！"

我连忙边道谢边将钱奉上，伸手就去拿书。老者又道："别急，我去给你拿本新的。"他在布棚深处翻转一圈，小心地捧出了一本边是边角是角的新书："给，拿着吧。还有，送你一本《金刚经》吧。"他另一只手里现出一本线装册子，钢蓝色捆白边，纤尘不染。我傻愣愣地接了书，想起该道谢时，那老者已在八面玲珑地招呼旁的来客，忙得针插不进水泼不进，只有一头白发在无遮无拦的阳光里奕奕浮沉。

我不肯再走了。书山人海，无边无际的，哪有个头啊。我将手里的书用塑料口袋垫底，码在一棵树下，与同伴说："我在这等你们。"然后在书凳上坐定了，翻开了刚得的那本《金刚经》。

身畔的人和声皆川流不息，眼前的白纸上跃出一行字："如来者，无所从来，亦无所去。故名如来。"这么美的句子，美得让人心疼。原来它就在这里，等了我这么久，我感激得几乎要哭出来。就这样，自那天起，我把一颗心给了《金刚经》。

有时候想，送我如此大礼的那位老者，该快要修成正果了吧。

法界气象

如今的琉璃厂，被衬在一条条崭新宽阔的大路之间，显得很是浅窄；那么窄的街，再有人不顾规矩停上一排车，琉璃厂被挤得竟有些尴尬。可来琉璃厂的人也真少，太少了，那么窄的街都稀稀落落的。

进了荣宝斋，就更加冷清，伙计比主顾还多呢。像样的货色估计都被收到库房里了，摆在台面上的货色真的无法与从前比了。好在金字招牌还在：徐悲鸿、郭沫若、齐白石……往门口一立，一座无人的店依旧镇得住三山五岳，任是谁来、任是来多少回都够你看的。说的是啊，瘦死的骆驼比马大。

就算是风华不再，老架式总归还在那里。

荣宝斋的笔总还是可圈可点。琉璃厂里的笔竟大都连笔头顶端的牛角都被省略了，而荣宝斋还守着老规矩，卖着中规中矩的笔。挑来挑去，却忽略了手里的笔，被那些笔的名字迷住了。

照质地说，狼毫、七紫三羊、石獾，本是以往知道的，这样直腾腾的名字，大方得令握笔的手竟可触得到那些生灵身上的暖意。

照用途说，画笔的名字取得虽说浅易，却俏丽得叫人过目不忘：草虫、蟹爪、衣纹、花枝俏、铁画银钩、点梅、品鹤脚、兰竹、丹青、浑金、白云、玉兰蕊……依了名字，大半已可略知用途的精妙。

最艳的名字则出自那些随口一念便心向往之的笔：春蚕食叶声、京提、天寿、群鸿戏海、兰风、红毛、腾蛟起凤、吐香、长剑、玉简、秀峰、映心挥、嫩锋、白竹、得心应手、伏虎、吞吐风云、云海腾波、山水、云鹤、鸿戏秋江、月华……

当看到有一种笔名曰“气象万千”时，我已全然折服。摸出随身带的自来水签字笔，在包里搜出无意中带来的一页废文件，在背面恭恭敬敬地抄上了每种笔的名字。

“您是写字的还是画画的？”我闻声抬头，问话者是一个面色沉实的中年伙计。

“惭愧，都不是，我的行当离你们太远，只是喜欢这些笔，名字取得实在太好。”我赶紧假装无意地捂住我那难看的字迹。

“这算什么，才几十种。我刚跟师傅学徒那会儿，光是叫得出名儿的笔就有1000多种。”

“1000多种？”

“可不！不过现在都失传喽，如今谁还买毛笔呀！用毛笔写字的就更少喽！以往的那些笔没有人稀罕了！毛笔厂活不下去呀！”句句都扯出一缕长叹。

我说不出话来。现在这几十种芳名已叫我倾慕不已，而那成百上千的笔，当年该是怎样一派风流，日后被悄无声息地冷月葬花魂，又该是何等的凄清与不甘。

“这边还有墨。您瞅这墨剩下的就更少喽！连写字的人都用墨汁了。只怕这墨灭种灭得比笔还快”。

我默默跟他走过去，抄下那些或许明年就“仙逝”且永不再“超生”的艳名：痴道人、西湖图、玄海珍、小王老、百岁包金、梅花草堂、四库全书、茶、铁斋翁、唐、寒山寺、醉中八仙、半斤胡文开、鲁河诗、听古松、棉花图、雪心风貌、紫燕迎春、曲水图、纯松烟、异鱼吐墨、瀛州图……

最绝的一块墨叫做：法界。

与那些笔一样，每个名字大概皆有一番来历吧，而这个有来历的名字之所以能立得住、叫得响，总得有些与众不同吧，总得有些让行家里手折服的绝妙之处，甚或有些回肠荡气的故事吧。不知如今还有几个人可以说得清楚。或许未等到有人挽惜，那些掌故已随了那些笔墨的名字一同灭绝了。

以后的白纸黑字大约是不用人的手去写了，打印机上的喷头和硒鼓将代替笔与墨中的万千气象，字体是预设的，轻点鼠标，每只手打出来的字不仅高效精准，整齐划一。

百年之后，不知还会不会有人知道“秀峰”不是一座山，而是一种笔，“唐”不仅是一个王朝，亦是一种墨。

祈愿我足够幸运，仍可在梅花草堂里，以笔墨得心应手地吞吐风云、百岁包金，像祖宗们一样；至少不要让我太过背运，眼睁睁看它们在我面前消失且万劫不复。

我又操起闲心来：该如何向后人解释呢，一种墨即可称为法界，一支笔竟可以气象万千。

北京奥运开幕式补两则

谁都知道，北京奥运会对于中国，等于仪式化地登上了世界舞台的核心，无论是被动地被排除在外，还是主动地韬光养晦，如今均成往事。

自今以后，无论主动也好，被动也罢，中国已经成为世界舞台的主角之一，聚光灯下，万众瞩目，欢呼喝彩自然会有，被品头论足乃至于鸡蛋里挑骨头也都是题中之义。

所以对于奥运会开幕式表演部分的溢美与批评，均已经无以复加，本人在此补充两点与表演无甚关系但却颇堪玩味的观感。

其一，最令我得意的就是入场式的排序规则了。

我们听了多少年的ABC了，这世界也按照ABC的规矩走了多少年了；如今，且让这世界知道一下，还有一种排序的方法叫横撇竖捺。这规则或许令许多用惯了ABC的人们有些摸不着头脑，不过没关系，中国人从不强人所难，并不逼着别人立时三刻就依着咱的规矩来，这次只不过是在家门口微笑着向这个世界轻盈地介绍一下，让大伙知道有这么回子事儿，一时不明白亦没关系的，日子长着呢，这才开了个头。

还有一件有趣的事儿是观众的反应。

在运动员入场的环节，掌声的热烈程度，差别实在不小。虽说依照大道理说，国家无论种族、贫富、强弱以及领土面积，一律平等，但是谁不明白这不过是嘴皮子上的功夫，政客们心里满不是那么回子事儿，更何况对于繁若恒河尘沙的蚁民百姓而言，总有凭着自己喜欢任意打分的权利，而在九万余众的奥运开幕式上，表达这种权利最简洁的方式当然就是掌声与欢呼了。

不言而喻，最热烈的壮丽如鞭炮炸响的掌声和欢呼给了中国代表团，其次是中华台北代表团，再次是中国香港和中国澳门，这分寸、这火候，丝毫不差，对于中国尤其是北京百姓而言，默契得不必培训，自然得不必解释。

给予德国和瑞士的掌声比较热烈，而且这掌声是在大屏幕上显示了旗手的图像后给出的。准确地说，这些掌声属于NBA球星诺维斯基和万人迷费德勒。

给予美国和俄罗斯的掌声更多一些。无论如何，他们是当今世界棋局上最重要的玩家，是那种什么事儿都绕不开的主儿。美国吧，不管你愿意不愿意，喜欢不喜欢，偏左还是偏右，反正老大就老大；俄罗斯呢，瘦死的骆驼比马大，烂船也还有三斤钉，好歹人家是有二次战略核打击能力的国家，份儿在这摆着呢。所以这二位获得尊重理所当然。中国百姓心里这杆秤啊，定盘星锃亮——准着呢。

再说古巴和北朝鲜，获得的掌声与美、俄同一级别，但意味显然不同。其实普通人对当今古巴已经知之甚少，对北朝鲜实在意味深长，但甭管怎么说吧，总归是有千丝万缕的瓜葛。

巴基斯坦获得的掌声那是相当的多，经过这么多年这么多事儿了，全天候的铁哥们啊，打着灯笼找不出第二户这样的人家了。

伊拉克获得的掌声也颇为可观，这其中有东道主对于其劫后余生参赛资格的激赏，仿佛这又不是全部的原因，但这热烈的掌声和欢呼里头肯定还有些别的原因，令人琢磨。

伊朗博得的掌声与伊拉克基本持平。这显然是冲着他们那一副天地不吝、又混又滑的硬骨头去的。

法国人获得的掌声蔚为可观。人家是浪漫优雅的典范，是全世界的宠儿，走到哪儿都是这副浪漫优雅的架势。这叫“一招鲜吃遍天”，北京人尊重国际惯例，也吃浪漫优雅的法国人这套，当然把面子给得足斤足两。

其余国家呢，北京观众可也守着礼数，一点儿都没怠慢了谁。“北京欢迎你”这话可不是虚的。

张艺谋的开幕式固然分数颇高，但作为场外业余裁判，我把开幕式的金牌授予那些无比可爱的、见惯了大世面的、反应得体精妙的北京观众们。

品读

“我们曾经的沧海”——帕瓦罗蒂

帕瓦罗蒂离开我们多年了。

没有任何一位歌者的名字再次像他这样被世人传颂。

我们再次轻轻地怀念帕瓦罗蒂。

该怎样形容他的歌声呢?

如果说那是天籁，无疑抹杀了他那关于生的丰盈喜悦。

说他的歌声清澈，又怎样解释他那可与岩浆喷涌相提并论的豪气?

说他的声音有金石之声，可同时我又无法克制自己形容他那银瓶乍破水浆迸的气势。

若说他有神明的静穆，可他那兴之所至的婚姻与情感，却让人不由得摇着头微笑，他的作为真令人难于赞同可又不忍责备。

我们甚至不知道该怎样形容他的歌和他这个人，可我们无法忘记他。尚塞评价乔治桑是“一百年才开一次的夜来香”，那么帕瓦罗蒂呢？他的嗓子只能用天赐来解释，而他的歌声则是艳绝人寰，这让我们说什么好呢，我们只是怅然地知道，这个世界不会再有帕瓦罗蒂了。

1986年，我还是个高中生，还未见过北京是什么样子，熟识的几位大哥哥说，他们要去北京看老帕的演出了。据说北京本身并无新奇，可是帕瓦罗蒂来北京演出了呀！我还那么清晰地记得他们的声音，他们是学话剧或声乐的学生，平日里过分做作地端着自己的所谓声音和表情，但是，那天我仍然记得，他们的声音激动得发抖。

那年，菲律宾大选，马科斯夫妇亡命天涯；里根酝酿星球大战；戈尔巴乔夫正在虔诚地给他的同胞以及全世界论述“改革新思维”，电视机尚且是可爱的，音响绝对是奢侈品，手机是怪物，而互联网还闻所未闻。当我迫不及待地寻问老帕演出的盛况时，坐了一整夜火车自北京归来的几位大哥哥尽皆失语，我不甘心，一定要他们讲，也只得了一句：“帕瓦罗蒂就是帕瓦罗蒂。”

我记得清清楚楚，帕瓦罗蒂离世那年正值夏末初秋时节，与几位朋友吃晚饭；饭局散后，我独自游荡在四环路上，莫名地渴望孤独。过了一座桥再过一座桥，我才发现自己那么地想听些什么。随手开了CD，是帕瓦罗蒂。《弄臣》、《我的太阳》、《玛尔塔》、《弗尼库里弗尼库拉》，还有那不可能被忽视的《今夜无人入睡》，那是帕瓦罗蒂全盛时期的版本。怎样形容他的歌声一直就是个难题，就像仰慕万里无云的清晨里纤尘不染的阳光，就像面对已经熟得蜜汁欲滴却懒在树上不肯落下来的那枚桃子，我们能说些什么，惟余一声叹息。

帕瓦罗蒂之所以成为“HIGH C之王”，并非是说只有他唱得出

HIGH C，其实，唱得出HIGH C的歌手枚不胜举，我们不是听说过很多人自诩与帕瓦罗蒂一样唱得出HIGH C吗？可是，帕瓦罗蒂之所以可以颠倒众生，就在于他根本就不把HIGH C当回子事儿。我们有些歌手唱HIGH C，简直就像举重运动员，费了半晌气力才咬牙切齿地举起来，哆嗦个几秒钟又失手扔下去，事后还称颂自己破了纪录；而听帕瓦罗蒂唱HIGH C，你根本就不觉得那是HIGH C，他到那最高的去处游弋无非因为那里更美更合他心意，恰似戏文里才有的“百万军中取上将首级犹如探囊取物”，说得文一些又好比是“谈笑间樯橹灰飞烟灭”。

帕瓦罗蒂的声音无论那个区域均水润柔嫩，哪怕是一根梗儿都不带的。高音区光彩夺目得令人心悦诚服，更兼厚实宽广，让人放心，行话说就是没挡儿；低音区亦是户庭无尘杂，亮得夺人却又全然不见底儿；中音部分犹如金苹果掉在银篮子里，碾冰为土玉为盆……如此等等，无论怎样的溢美都竟然仍觉得亏欠他。

那晚，我就这样独自在四环路上朝拜着帕瓦罗蒂。沁在那纯净的光晕里，我依然像他所有的听众一样，忘我地认为那是我自己在歌唱。

第二天，看到了帕瓦罗蒂辞世的新闻。霎那间，我的耳畔充盈着帕瓦罗蒂的声音：《今夜无人入睡》，《我的太阳》。

我给前一晚一起吃饭的朋友发短信：帕瓦罗蒂走了。

后来，他数次跟我说起，也是在1986年，他花掉当时自认为的巨款，几乎是以挥霍的心情去天桥剧场听帕瓦罗蒂。

以往听帕瓦罗蒂的时候，只是觉得好，就是个好，如此而已。所有这些折服、赞美其实都是在后来，当我们不再有帕瓦罗蒂了，当我们听到别人唱的那些费劲地颠簸着的《拿波里民歌》，我们才懂得了原来物是人非。犹如喝茶，就算是享用了神品，当时也未见得就怎样地无法割舍，只是，再也无法忍受其余的茶了，或者，余者就根本不算作是茶了。所以，在帕瓦罗蒂烟隐云收的多年以后，我们想起了那千年不散的句子："曾经沧海难为水，除却巫山不是云。取次花丛懒回顾，半缘修道半缘君。"

尚记得2005年，帕瓦罗蒂开始了他最后一轮巡回演出。这年岁末，帕瓦罗蒂选择北京作为告别演出的最后一站。此时的北京以及世界，均与20年前不甚相同。在那挥别舞台的最后一场演出里，他甚至站不住了。他只能坐在椅子上，张开双臂，双目濡湿地闪烁着，沉醉于中国观众那宽容的欢呼。他已经唱不出HIGH C了，但那些欢呼仍然毫无保留，一如1986年他第一次来到这个国家。他并不完美地演唱了《今夜无人入睡》，深深鞠躬，然后心有不甘地离场。

帕瓦罗蒂，于千万人里亦不会听错的声音，一年后我们记得，多年以后我们仍然记得——他的声音。

拣尽寒枝不肯栖

斯蒂芬·茨威格，生于1881年，卒于1942年。

能直入人心的作家凤毛麟角，而茨威格是那种可以影响心灵肌理的绝世妙手。《心灵的焦灼》、《玛丽·安托内特》、《一个女人一生中的二十四小时》、《蛊》、《一个陌生女人的来信》，尤其是《昨日的世界：一个欧洲人的回忆》。茨威格的作品尽皆玉液琼浆，一滴水不掺的。仿佛他不必写作，芬芳腻润的文字和思想自他笔端汩汩而来，如此而已。这令享用了他的文字的读者在惊喜感激之余常常会不由得轻轻叹息，亦使得意欲模仿他的人束手无策。

弗拉基米尔·霍洛维茨，生于1904年，卒于1989年。

听听《霍洛维茨在莫斯科》和《霍洛维茨在纽约》吧。此时的霍洛维茨年逾八旬，健康状况每况愈下，但他触键的力道仍坚毅得犹如花岗岩，身子仍然传奇般稳如花岗岩，手底下流淌出来的音乐仍如静水深流，清凛兼熔融，霍洛维茨的美自有不容雕琢的贞烈尊严，甚或有些仗势欺人，犹如他的祖国俄罗斯，真真是一言难尽。

他们离我们何其远啊，如今最要紧的事是如何度过这个寒冬。可是，我真的不明白，我竟会那么思念这两个我永远不可能谋面的异国人，以至于不吐不快，以至于我竟然相信他们依旧以某种方式忧伤地凝望着他们那其实早已消逝了的世界。

这两位大师初看起来无甚关联，但我发觉他们昭示着我心目中真正的浪漫。如果浪漫这个词还不曾泛滥，那它一定是专属于沉重苦难之中流淌出的醇酒。

所以希望一并拜谒这二位逝者——在同一篇文字之中一并向其致敬，这个念头竟挥之不去。

天赐的禀赋，优越的犹太上层出身，茨威格少年得志。年纪轻轻已经名满维也纳乃至于欧洲，他的人、他的文字、他的美名象多瑙河的波浪一般，在欧洲和世界怡然流淌。罗曼·罗兰、高尔基、托马斯·曼、弗洛伊德、托斯卡尼尼、纪德……他的朋友们群星闪耀。

只可惜茨威格生活在最动荡的时代，他终究逃不脱犹太人的宿命，在巨大的变迁面前错愕无助，别无选择的流亡。“我作为一个奥地利人、犹太人、作家、人道主义者，恰好站在地震最剧烈的地方。那剧烈的地震三次毁了我的家园和生活，使我和过去失去了任何联系”。

1939年，“在列车越过边界的时刻，我象《圣经》中的老祖宗罗得一样，知道我身后的一切都是尘土与灰烬，一切凝结成了象盐一样苦涩的历史”，“我发现一个人随着祖国的灭亡所失去的，要比那一片有限的国土多”。

茨威格的国家被德军占领后，他的作品被包括他自己祖国在内的整个欧洲禁止，虽然他的作品曾经是德语世界里印行最多的作家。“我成了理性遭到最可怕的失败和野蛮在时代的编年史上取得最大胜利的见证人”，“我们这一代人最大限度地饱尝了以往历史有节制地分落到一个国家、一个世纪的一切”。

茨威格冰雪般明晰，他过不了自己那关。那是1942年，其时，巴西人敬重这位德语世界最伟大的作家，他们给予茨威格的生活安静甚至优渥，而给予他的荣耀并不逊于他的祖国。茨威格目光灼灼地预见到，黎明前的黑暗并非不可逾越，说真的，他比当时的许多人都更坚定地相信。可是，茨威格决定与夫人一起离开这个世界。他爱入骨髓的欧洲令他绝望，或者说，人类的疯狂、残忍和健忘令他绝望。“我害怕人类相互残杀的战争甚于害怕自己的死亡”。

这是茨威格最后的作品：“在我自觉自愿、完全清醒地与人生诀别之前，还有最后一项义务亟需我去履行，那就是衷心感谢这个奇妙的国度巴西，它如此友善、好客地给我和我的工作以憩息的场所。我对这个国家的热爱与日俱增。与我操同一种语言的世界对我来说业已沉沦，我的精神故乡欧罗巴亦已自我毁灭，从此以后，我更愿在此地开始重建我的生活。但是一个年逾六旬的人再度从头开始是需要特殊的力量的，而我的力量却因长年无家可归、浪迹天涯而消耗殆尽。所以我认为还不如及时不失尊严地结束我的生命为好。对我来说，脑力劳动是最纯粹的快乐，个人自由是这个世界上最崇高的财富。我向我所有的朋友致意！愿他们经过这漫漫长夜还能看到旭日东升！而我这个过于性急的人要先他们而去了！”

我们在那不是自传却在精神层面胜于自传的《昨日的世界：一个欧洲人的回忆》中，看到的是那个对于思想和心灵史不惜笔墨、对于私生活惜墨如金的茨威格。对于他的情感和婚姻，总共的交代相加起来不过数行，而且其中几乎没有形容词。令人不禁钦佩他的尊严，尤其想起那些恨不能把自己的故事现场直播的“名家”，叫人不由得为茨威格念一声“壮哉”！

这是霍洛维茨的1925年：在他离开苏联的那一刻，一个士兵检查了他的护照后，凝视着他的眼睛说：“不要忘记你的祖国。”那士兵大概是懂得钢琴、懂得音乐的，但亦更知晓霍洛维茨的境遇，所以才会在最后的时刻如蒙天谕般代表沉重无奈的俄罗斯作此叮咛。只有这样的民族才会有这样的士兵吧。

这一年，霍洛维茨21岁，自此就生死由命了。

霍洛维茨说自己是“最后的浪漫主义者”，应该是苦难造就了他吧。只有历经劫难的民族，才配奢谈浪漫。

霍洛维茨的成功并不算艰辛、苦涩。一开始，他仿佛被美国迷住了：豪华汽车，别墅，托斯卡尼尼的千金是他新婚的妻，他演出的门票即使卖个当时的天价仍然可以即时售罄，圈子里最杰出的艺术家（拉赫曼尼诺夫、斯特恩、梅纽因、鲁宾斯坦、肖斯塔科维奇、海菲慈、奥曼迪、梅塔等）几乎悉数是他的朋友及拥趸……他觉得自己毫无障碍地融入了美国。

霍洛维茨是神秘虚无的，他一生迷惘，他努力地妥协着，他不是深深爱上了美国吗？不是发誓成为一个美国的钢琴家吗？没有用的，他永远学不会如何象美国人那样没心没肺地咧着嘴享受名利。

再多的金钱、美名、欢呼都无法拯救他。他一直迷信、古怪，独女夭亡，他冷酷地指着妻子对朋友说："她女儿死了。"

他神秘地从舞台上消失了12年。传说是因为抑郁症，有人说他是无法自同性恋中自拔。而他自己至死都不肯言明原委。

他和拉赫曼尼诺夫是忘年知交，他长时间陪伴癌症末期的拉赫曼尼诺夫，他们可以在一起讲俄语。

在他离开祖国5年后，母亲因为没有得到及时的救治，被普通的阑尾炎夺走了性命；他的哥哥们，一个死于内战，一个无法承受痛失大哥的伤痛在精神病院自杀，父亲与他在1934年的欧洲有过一次短暂的相会，但回国后就进了集中营，并于上个世纪60年代死在了著名的古拉格群岛。孑然一身的姐姐也没有等到他回去，于1984年辞世。

但是他象孩子一样编织着谎言，在欺骗别人的同时慰籍自己，他是这样说的：大哥年长自己40岁，从未谋面，二哥是莫斯科交响乐团的小提琴手。

可是霍洛维茨终究骗不了自己啊。"在俄国，我失去了我的家庭和一切，我永远不会回去"！

可是，"离恨恰似春草，更行更远还生"。后来，就是说很久很久以后，就是说61年后，霍洛维茨82岁了，他当然不可能知道这离他去世只有3年，但他该知道来日无多吧。他还是回到了他发誓不回去的祖国："在我死之前，希望能回一次我的出生之地。""我们是读着普希金、陀思妥耶夫斯基、托尔斯泰、契诃夫的书长大的，我们听着格林卡、穆索尔斯基、里姆斯基·科萨科夫和鲍罗丁的音乐声声入耳。这就是为什么我回到那里的原因，我听到了伟大俄罗斯母亲的召唤。"

那天，莫斯科倾泪回应他的音乐会，60年后的音乐会。

这两位逝者际会于我的脑海，我突然对于战争以及这个世道，感同身受。

我终于明白，为什么我本能地觉得他们那么象：世道变迁，两次世界大战，故国分崩离析，家散人亡。感慨于他们那自觉自愿的孤独。他们其实均已功成名就，如果肯于哪怕妥协一丝一毫，他们本来可以多么轻松地享用那些倾泻而至的浮华。但他们不放弃孤独——不可能放弃。孤独是他们的宿命。他们一直都无药可救地孤独着。

流离，忧伤，绝望中不明所以的坚守，对于纯净的精神无法磨灭的信仰，令他们疏离于周遭那貌似不可回避的人世。他们据守于各自的星空，遥相映衬、息息相通。真象我那心爱的苏轼啊："缺月挂疏桐，漏断人初静。谁见幽人独往来，飘渺孤鸿影。惊起却回头，有恨无人省。拣尽寒枝不肯栖，寂寞沙洲冷。"

在所有人都在讨论金融危机的这个周末，我在并不安静的夜里听霍洛维茨。真的，我再次确认，没有人可以像他那样弹琴了，他有足够的力量可以翻云覆雨，这或许并不是绝无仅有，但是，他竟又令这力量纯净得万里无云、一碧如洗，他像阳光般灼目，却又冷峻通透得如同西伯利亚的寒泉。

在流淌如昔的琴声里，打开《昨日的世界：一个欧洲人的回忆》，茨威格的面容冉冉升起：

“只有经历过光明和黑暗、和平和战争、兴盛和衰败的人，他才算真正生活过。”

谁家今夜扁舟子

爱好八卦的我读到一则新闻：法国总统萨科奇的夫人布吕尼回眸一笑，竟令一个卫兵瘫软倒地……有点意思，与我们常说的“倾国倾城”有些神似。

《国际观察》杂志某篇文章“第一次世界大战期间在法国的中国劳工”一文中，读到这样一段来自当时法国亲历者的证词：“我们看到英国看守和警察象打狗一样地殴打他们，英国人把他们的鞋子、衣服全脱掉，把他们绑在桌子上，一直鞭打他们直至流血。接下来，英国人用刷子和热水将他们刷干净，不留下痕迹。然后人们将他们送往劳工营的医院，医院是由一个勇敢的苏格兰人Gray上校管理的，他会尽他最大的可能来照顾他们。我对您说，这很可怕。死于什么？……疾病……当人们治疗病人的时候已经太晚了……那些人扛不住强加给他们的令人难以忍受的工作，或是没能在毒打后幸存，或是忍受不了新气候，又或是营养不良死于寒冷……还有的未经审判就被枪决了，我见过一个人被绑在对面那棵树上，被牛筋鞭残忍地抽打，当人们解开他时，他倒了下去……他死了。”即便是过了100年，同胞们所遭受的劫难，仍然新鲜得令我默默颤栗良久。

一年以来，法国无疑是令我们谈论颇多的国家。法国总统萨科奇2008年接见了达赖，以优雅浪漫著称的法国人竟然纵容藏独分子试图在奥运圣火在巴黎传递时自中国一位残疾姑娘手中抢夺火炬；2009年，萨科奇继续高调纵容藏独份子。佳士得拍卖行在全世界华人的同声抗议之下拍卖了自圆明园掳掠的两尊兽首。法国人简直是在不断地往中国人最疼、最敏感的地方刺。而今日的中国亦不是百年前的中国了，中国政府和民间的反应均甚为强硬，按说中法关系应该在冰点僵上一阵子。

且颇有些戏剧性的是某年的G20会议上，号称准备假装不认识的中法两国元首最终还是见面了，双方外交部还发表了联合声明。听听吧，法国人态度多好啊：台湾和西藏均为中国领土，法国不支持西藏独立。

与此相呼应，一些法国企业亦宣布拟联合出资自“收藏家”手中购回两尊兽首归还给中国人民。对于中法双方，这是个多好的台阶啊。

余音未散，巴黎市长宣布授予达赖“荣誉市民”称号。

天知道这场太极何时收场。

其实中国人也好，法国人也罢，全世界人民都算在内，谁都看得明白，中法之间无论怎样翻脸，均不至于结下解不开的死结。真刀真枪也好，花拳绣腿也罢，大面的套路走上一遍，自然合掌收功。

说实话，对于这些法国人，我与许多国人一样，还真就恨不起来。觉得那个娶了个花瓶回家的萨科奇还只是个幼稚的小学生，对于大国博弈这门课还没有入门，我们宁愿相信他的愚蠢即是近来中法关系紧张的罪魁祸首。至于为什么这个杂耍演员般的人物能登上法兰西共和国总统的宝座，我们不免摇头一叹，宽容地说上一句："这些法国人呐。"

于是要问，为什么法国人令人恨不起来?

最近在重读雨果的文章，将雨果的散文与传记及年表对比来看。小时候曾经虔诚地在笔记本上抄了多少雨果的语录啊，而如今重读雨果，才真的在思考雨果到底是谁。

看到电视里火山与暴雨的场景总会心悸，也会想如果不是隔岸观火，而是身临其境，又当是何种情形。而这次重读雨果百多年前的文字，震撼依然是灼痛般的颤栗。

"雨果不是一个人，雨果是一个世纪。"这是他的同胞给予他的评价。他深邃的思想、独一无二华美而壮阔的文字、扎实的历史功底、永不枯竭的激情、在大是大非面前绝无一丝瑕疵的气节、悲悯的情怀、风雅的气质，令他不仅成为法兰西民族的代表与骄傲，更成为全人类共同的财富。

雨果太爱他的法兰西了，他精神上的洁癖令他无法忍受他的同胞成为纵火犯和强盗，他无法原谅这些洋洋自得的匪徒玷污他心目中法兰西的清白，他那无法妥协的良知，使他无法不去给予遭受劫难的中国以声援："为了创建圆明园，曾经耗费了两代人的长期劳动。这座大得犹如一座城市的建筑物是世世代代的结晶。为谁而建？为了各国人民。因为，岁月创造的一切都是属于人类的。”“这是某种令人惊骇而不知名的杰作，在不可名状的晨曦中依稀可见。宛如在欧洲文明的地平线上瞥见的亚洲文明的剪影。这个奇迹已经消失了。有一天，两个强盗闯进了圆明园。一个强盗洗劫，另一个强盗放火。似乎得胜之后，便可以动手行窃了。他们对圆明园进行了大规模的劫掠，赃物由两个胜利者均分。”“我们欧洲人是文明人，中国人在我们眼中是野蛮人。这就是文明对野蛮所干的事情。将受到历史制裁的这两个强盗，一个叫法兰西，另一个叫英吉利。”“治人者的罪行不是治于人者的过错；政府有时会是强盗，而人民永远也不会是强盗。”“法兰西帝国吞下了这次胜利的一半赃物，今天，帝国居然还天真地以为自己就是真正的物主，把圆明园富丽堂皇的破烂拿来展出。我希望有朝一日，解放了的干干净净的法兰西会把这份战利品归还给被掠夺的中国。”

雨果不是执政者，他的疾呼在当时乃至于相当长的时光里，未能给中国人民带来切实的补偿。但是，雨果白纸黑字地伫立在法兰西身后，令我们这些曾经在百年前饱受强盗蹂躏的民族仍然愿意相信，这个产生了敢于为弱者大声说句公道话的贤者的民族是一个伟大尊贵的民族，即便曾经是我族的敌人，我们仍然觉得这个民族配得上一向讲究“宽以待人、以和为贵”的我们与之和解并有条件地与之建立友谊。

雨果令我们心悦诚服。雨果以一颗赤子之心为他同胞的野蛮行径赎回了一条后路，在百年之后，这条后路成了法兰西在危难时刻柳暗花明的福报。

而雨果之前，自有伏尔泰；雨果之后，自有罗曼·罗兰。他们的思想和良知均不止局限于自己的民族及国家。他们敢于追寻正义与真理的勇气、同时不失优雅的气度，正是法兰西民族的封印。

前文中所提及的关于一战时期中国劳工的文字，其实出自一位法国学者多米尼克·马亚尔。我对这个领域本来很是陌生，但由于偶然的机会，得知我的一位朋友正在法国朋友的帮助下写一部关于一战时期赴法中国劳工故事的电影，此片计划由中法两国影人合作拍摄。一叶窥林，我能感觉到法国学界与艺术界诚实客观的风范，与他们的雨果一脉相承。

日本，我们的宿敌日本。

当年小泉纯一郎数次参拜靖国神社且一再出言不逊，我与许多国人一样，真正地被激怒了。日本对中国人民犯下的罪恶空前地令人发指。而这并不是中国民众至今心意难平的主要原因，我们的愤怒更多地源自于日本对于自身罪恶的掩饰甚至否定。虽然近年来的日本领导人在靖国神社问题上有所收敛，但是我在内心深处对于日本的敌视、不屑、防备绝未消减，相信与我持相同心态的国人并不鲜见。

村上春树有过这样的说法：“纳粹多少是由德国人投票选出来执政的，但是日本天皇制不是民主政治。所以德国人民觉得自己有责任。我们日本人不觉得对战争有责任，因为邪恶而又错误的是天皇体制本身。”二战期间日军在中国乃至于整个亚洲的行径，被“不负责任地被忽略”。

即便这样并不深切的反省，在日本的主流学者和作家中仍然凤毛麟角。但是，我们仿佛不能毫无顾忌地、理直气壮地抱怨日本人的狭隘乃至于下作。因为当今的我们，竟无法列举出一个可以令我们骄傲地毫无犹疑地大声说出的名字。

其实，世界上所有的民族，谁家没有历史！尤其是，谁家没有几段难于启齿的尴尬？谁家没有几段不堪回首的屈辱？谁敢说自己从未对异族犯下过罪恶？谁又可以不经反思就能清醒？谁家没有残暴的帝王和遗臭万年的奸臣？谁没有吃过时而麻木时而疯狂而又忘恩负义的刁民的苦头？谁能够不经忏悔就获得救赎？在那些荣光与强大被大书特书的时候，谁家当朝当代的当家人没有为尊者讳、没有为弱者忌，刻意对上述一切视而不见甚至颠倒黑白？

幸运的是，但凡那些伟大的民族总有些秉持良知不懈思索、对于罪恶和卑下毫不妥协的伟大心灵。出于对史笔的敬畏，出于为未来的洞见，他们明知不可为而为之，他们为正义和正义呐喊，他们不惜暴露自己的不足、不惜使自己成为活靶子。

我们温情而感恩地记得鲁迅以及鲁迅们，记得那些在大节面前硬骨铮铮的名字。他们对我们爱之深、痛之切、责之厉，鲁迅们曾经替我们清醒，替我们羞耻，他们的声嘶力竭源自于“我不入地狱谁入地狱”的殉道者风骨。他们原是可以选择在优雅地烟霞里醉生梦死的，他们比常人有更多的胜算且以荣华富贵和风花雪月了此一生。但他们义无反顾地放弃了这一切，他们偏要嫉恶如仇，偏要眼睁睁地毫不回避地痛苦甚至殉道。当然，他们有权利说以往的圣贤书已经救不了那时的中国，因为他们正是正统的承继者，因为圣贤文章早已融入他们的骨髓，即便只论及学术，他们亦稳居象牙塔顶端；他们之所以能够“横眉冷对千夫指”，也是因为他们文字上磅礴而精美的造诣，令他们的对手也无从质疑。

鲁迅们在那里，没有人可以绕过去，以至于翻开中国近代那段满眼屈辱的史册时，他们丰饶的文字和铿锵的思想令我们仍然敢于对我族类保有一份优越感。

如今，放眼望去，鲁迅们现世的身影并不清晰，甚或模糊得难以辨认。我们多么需要一个须得仰视才见的大写的人啊！

神往着，祈愿着：我可以活着见到经得住史笔推敲、堪令中华民族托以兴衰的一批思想者。

从《阅微草堂笔记》和纪昀说开去

电视里一直在演纪晓岚的故事，一部接一部，热闹数年。近来刚好获赠纪昀的《阅微草堂笔记》，索性读一读，领教一下真正的纪昀。

《阅微草堂笔记》基本上是不涉及政治的奇人异事，藉小事书至理。字里行间，刻意远离浮华，仿佛在提醒看客：我并非仗势立文，更不打算倚官留名。

无论是体例、文风、内容，纪氏均毫不避讳地效仿了《世说新语》，只是他太想传世，说的太多太明白，生怕看客不懂、感觉不到他的隐士情怀，所以太过用力地清雅飘逸，倒让看客觉得累。几近自恋的自信令他犯了大忌尚不自知。

总之，读了纪昀的《阅微草堂笔记》，觉得他真是聪明到家了，但不是大家。

说起来纪昀也算是位高权重、名满天下了，光宗耀祖、衣锦还乡早已是应有之义。只是那些或真或假、半真半假的荣耀，终究骗不过心比天高的纪大才子自己。

纪昀该是看得很透的，他太明白真正完满的士大夫该是什么样子。镜之于永叔、子瞻之类的文人，他照出了自己那不可弥补的欠缺。为官要位极人臣、做文要流芳千古、致史要位列正统，少了哪一样都会失之于小、流之于酸、泛之于俗，更要命的是浮华总是过眼云烟，留不下又立不住。可是，为文人一场，谁不想留下一本压得住书架子的书呢？所以就有了这部落力太猛的《阅微草堂笔记》，只可惜纪氏眼高手低了。

纪昀的门人和朋友为他所作的序极尽赞誉，且看，说纪昀所写的是："万事当然之理，是即道矣。故道在天地，如汞泻地，颗颗皆圆；如水映月，处处皆见。""鸿文巨制，称一代手笔。""虽小说，犹正史也。"

读起来似乎总觉有些过分高抬，也不能说他们讲得毫无道理，只是纪昀的文字对于这样的恭维，的确当不得。

何况这样高的评价，总应是经由纪氏审定至少是默许才可以收进书中的吧，是以这样的举动本身就使得此书此人有失仪之嫌了。心远地自偏这件事，说来容易做来难啊。

于是联想到纪昀在乾隆50大寿时呈上的一副对子：四万里皇图，伊古以来，从无一朝一统四万里；五十年圣寿，自兹以往，尚有九千九百五十年。

讨巧讨到这个份儿上，也真难为纪昀了。拍马的技术含量虽说有些低了，但是乾隆爷似乎对此颇见受用，使得同殿称臣的满堂才子甘拜下风。

忠心得到了肉麻的份儿上，把读书人的斯文踩得比地毯还平，纪昀的政治命运还不是沉浮多舛?

说到此，忽然又觉得自己这样贬讽纪氏并不公道：没赶上文字狱已属万幸，又如何能要求他凝重、深邃又真正地洒然。有什么办法，清帝需要的是奴才而不是人才，更不是真正意义上的士大夫。饼再大也大不过烙烙饼的锅啊，纪昀的聪明和志向越过了他的锅沿儿，但让他理直气壮地来个此路是我开、此树是我栽，他哪里敢有这样的风骨和分量。指望他有开创性的思想甚或于有超越前人的大格局，真是缘木求鱼了。

《阅微草堂笔记》描述的大都是些市井奇闻，令我大跌眼镜的是，其中竟有如此多的仙灵鬼怪之事的描述，而且言之凿凿。原因大概就如同他在书中所说：“殆禄已将尽，故魅敢现形欤。”所总结出的结论，也无非是：“既在在处处有鬼神护持，自必在在处处有鬼神鉴察。”“缘是致一有偏嗜，必有浸淫而不自已者，天下事往往如斯，亦可以深长思也。”

这些话都没什么毛病，但既非真知灼见有乏新意，距离纪昀所要较劲地追求的在史笔中成一家之言的境界更是相去甚远。在那故作随性无争的文字背后，竟是掩饰不住的尴尬。

纪昀那个把瓷器与鼻烟壶做得登峰造极的年代，并不盛产思想巨匠。勉勉强强，数得出、留得下的也就只是一个曹雪芹和蒲松龄，且此二人的小说确乎登峰造极，但绝非开一代风气的“新语”，较之于纪昀心心念念想做成的《世说新语》，总归只能算作是雕虫之技。

若是以胸襟和思想的分量而论，纵观整个清一代，真还数不出一个堪托史笔的人物来。一朝一代都没有出一个像样的士大夫，恐怕也不能全怪当朝的文人无德无才、无胆无识了。

还是忍不住去翻那拙朴有力又尊贵曼妙的《世说新语》，那里的魏晋风度，的确是“汪汪若万顷之波，澄之而不清，混之而不浊，不可量也”。这次第定曾经令纪昀魂牵梦萦吧。

那时，并没有一个统一强大的中央政权，各路统治者均小门小户，尚无资格担忧文人们的思想活泛之后危及自家江山社稷，退一步讲，即便他们看着文人们散漫无忌的文字不顺眼，觉得该给他们立一立家法，亦恐心有余而力不足。与春秋时代倒有些相似，生灵涂炭的年景，对于文人们的文脉而言，竟好比是放水养鱼的盛世。而四海归一的太平盛世当真到来时，犹如纪昀一般的文人们就只能一边战战兢兢地享受着荣华富贵，一边东施效颦地模仿着《世说新语》这样的乱世之花了。万幸祖先们在思想领域里留下的老本如此丰厚，少说也够我们再受用千八百年的。

这样说来，文人好比女人，真可怜，真可爱，也真贱。可说到底，没他们还真不行。

最是一年春好处

简直是诸事不宜的日子，下午偏又飘起雨来，发丝般细，和着阴魂不散的雾霾。打伞呢，麻烦，不值得；不打伞呢，没走几步路，大衣与头发又染上一团侵骨慑髓的湿气。空气里则是一股子土腥味。

这是今年第一场正式的春雨，并未觉得惊喜，反而觉得没精打采。

落雨的黄昏，路上显得分外拥堵。低头看，路边的草们似有了淡淡一抹灰青。快到四月了，草们竟仍不过如此，跟谁说理去。

晚上索性不办正事，许自己漫无边际地瞎翻。翻到韩愈，也就读韩愈吧：“天街小雨润如酥，草色遥看近却无。最是一年春好处，绝胜烟柳满皇都。”

小雨丝丝，肌肤触之竟是一片酥麻，哪里是雨，分明仙子的睫毛轻抚着身心。一个“酥”字，好得令人柔肠百结。草们有知，轻轻膨胀着，春意渐近，却因为太有把握而款款从容，故而只是不易觉察地泛出一丝青绿，不经意间远远一瞥，觉得有了，急切切地跑过去想仔细端详却又遍寻不见。这就是早春的妙处了，不是用眼看的，是沁在空中的，荡胸生意也就是了，较之于可以实实在在看在眼里、握在手里的满城烟柳，竟是这“草色遥看近却无”的光景儿更显得矜贵、招魂，所以才说“最是一年春好处”。

韩愈的老辣厚重一直是知道的，年轻时屡试不第，做官后数次谪贬浮沉，韩愈的傲岸是隐隐地缓缓地出来味道的，那烟柳满皇都的盛况，令多少人魂牵梦萦又趋之若骛，而深居庙堂显位的韩愈，本是最有资本享受皇都荣华的，偏偏他就是这么的拧，一遍遍拣陛下和众人最不爱听的说，就是不肯长记性。对于那些嘴甜的庸官，韩愈大约是反感的吧，可是他不屑说，不像刘禹锡那样破口大骂，他守着肱骨重臣的尊严，不多说，不调侃，不妄议，可当他觉得该说的时候谁也拦不住他，他知无不言言无不尽，不计后果。最是一年春好处，他拿捏得精准，他不随波逐流，他自己就是一股洪流。

那些功底深切而忧愤交加的文字出自于他，并不稀奇。比如：“云横秦岭家何在？雪拥蓝关马不前；知汝远来应有意，好收吾骨瘴江边。”可是韩愈，他把赠与好友张籍的一首小品写得如此之艳又如此之清远。1200年前韩愈和张籍共享的那场雨，应该就是今天这个样子的雨了吧，“草色遥看近却无”，而他由衷叹道：“最是一年春好处。”

韩愈这人，里里外外都是正气。韩愈与夫人卢氏分别期间，“寄内而代为内人怀已之词”，实在是温柔体贴又烂漫有风致的好夫君：“青青水中蒲，下有一双鱼。君今上陇去，我在与谁居？”“青青水中蒲，长在水中居。寄语浮萍草，相随我不如”。“青青水中蒲，叶短不出水。妇人不下堂，行子在万里。”诗词里写美妾名妓的多得不胜枚举，可是写正式夫人的就少得多，写得情义绵长又风姿绰约的就更是鲜有，而韩愈这组乐府思妇组诗，实属难能可贵。

在官场上，人生中，哭天抢地不算本事，声嘶力竭不算稀奇，坚强冷峻也时时可见。可是在黑得如墨一般的厮杀之后，能与至交知己以小女子般的盈盈细语畅颂新春，那简直可以与神明相提并论了。

我们这些凡人，抱怨归抱怨，依恃着韩愈们的馈赠，总还可以跳出来鄙视一下自己，这样明天就可以有力气继续对着我们那既不完美也不太糟的人生无病呻吟了。韩愈对于我们，恩深泽厚，我们有韩愈和韩愈们，真是福气。

书籍是生命的盐

30年前，成为中学生。

自那时起，知道了一件事：读书。

读书这件事，与作业无关，与考试无关，与别人无关。

那时的高考录取率为1/6，但我们的中学不仅保持着每年几乎100%的升学率，而且其中至少有80%的学生升入重点大学。哪怕用今天的标准，这也是一个神奇的数据了。

我们本应顺理成章地成为一群考试机器，但是，比我们学校的升学率更为神奇的是，这所学校并不要求它的学生成为考试机器，从懵懵懂懂的初一到紧张的高三，我们都被要求必须完成与考试并无直接关系的功课：读书笔记。

每个星期，要交两篇读书笔记。内容不限，但是必须来自课本之外。

每个星期一，语文课代表来收功课，把一大堆花花绿绿的本子颤颤巍巍地抱到语文老师的办公室去。待阅读笔记被发回来，就会发现老师除去一个漂亮的大红色“阅”字之外，在许多或优美或独特或有趣的地方划上红色的杠杠以示鼓励。

虽说读书笔记历来只给一个“阅”而不给具体的分数，但大家暗地里还是比的：看谁的笔迹老道而洁净，看谁读的书经典而庞杂，而如果大家读了同一本书，就要看谁能挑出最好的段落和句子、看谁本子上的红杠杠多。

课本是有限的，而课外书是无限的。我们即便在高三时也没有被禁止读课外书。我们这群孩子不知前世做了怎样的好事，竟可以如此幸运。

于是，我们无一例外地在从少年至青年的这段时期里被养成了读闲书的习惯，就连我这个对待功课三天打渔两天晒网、经常被老师耳提面命的坏学生也被大致立起了规矩。

30年的时光绝不单纯，我发现我的同学们都从没有抱怨过任何事。大家默认的逻辑是：苦楚与为难在所难免，或奋力改变，或咬牙担待，兵来将挡，水来土掩，就算打落了牙，亦须不落形迹地咽进肚子里。我总觉得这种心理习惯与读书密不可分。背靠大树好乘凉，命里有书的人绝不会孤独无助，更不会失仪。

读书是第二次投生。

一开始，读书是必须完成的功课。

慢慢地，读书成为惊喜，成为习惯。

到后来，已经不可能不读书了，因为“书籍是生命的盐”这话是在一堂读书讨论课上同学许可说的，不知她自己还记不记得她说过的话。但她这句话一直印在我的脑子里，关于书籍，我从未见过比她更有力的比喻。

如今，书籍不仅是生命里的盐，它更是一笔债。望着书架子上那些我一直想读而没有读的书，我只觉得自己欠它们。书们傲岸无言的责备，直接刺进了我的心。

在以后的人生里，希望我有足够的福气，使得读书成为生活本身。

眼下，我在凡尘里，还不能把自己全部交还给书们，可是，在新年劈面而来的时分，我决定重新成为一个没有目标、只求交齐功课的中学生。我这辈子都不打算毕业了，我每天读书，然后每个星期向自己交作业，借以偿还我欠下的债：还天、还地、还给亲爱的东北师大附中、还给书。

云汉无极：我心目中的高人钱穆

学历史出身，但却不是好学生。四年时光，刚刚学了些皮毛，刚刚要懂事了，偏就毕业了。所以，今年的读书笔记就从它开始吧：早该读却没有静心读的钱穆先生的《中国历代政治得失》。

《中国历代政治得失》讲的是汉、唐、宋、明、清的政治制度沿革，其中对于皇权与军权、皇权与相权、皇权与科举及读书人说得尤其明白，钱穆基本上推崇汉唐制度，心疼宋，叹息元，惋惜明清，一切都可解释、都有根源，他研究中国的制度首先关注的是设计者的精神主旨——这是他理解的“德”的重要组成部分，这与被广为强调的程序正义出入不小，他关注土地、人口与税赋的动态关联，他认为中国的问题就是地方行政之好坏，他尤其反对将中国历史简单地归结为皇权专制的黑暗统治，他深深认为中国能够长时间管理如此大的统一国家必有过人之处。

钱穆的心里满满都是一种非宗教性质却同样深刻的悲悯，他深知因果相继，喟叹为政之无奈、持家之不易，他只是超然地解说为什么会如此。他不过分批评或称颂任何历史人物，只是将其中得失及对后世影响说得颇为精到。他不偏狭，不激奋，所以他从不以私心揣度历史，他深知任何个人都不会改变历史，任何历史结果都无法只由某个个人来承担。他不以善恶论人，更不以好恶论事。实在觉得制度设计有偏私之处了，他也只是叹息，并不做恶评。因为“某一制度之创立，决不是凭空忽然地创立，它必有渊源”“某一制度之消失，也决不是无端忽然消失了，它必有流变”。

他对盲目崇洋者的评价也是平心静气、点到为止：“认为国外一切都是好，中国的一切都要不得，那只是意气，还说不上意见，又哪能真切认识到自己以往历代制度之真实意义与真实效用呢？”

他的文字和逻辑尽皆干净、得体。犹如一棵参天大树，宏伟而精致，结实而灿烂，无需刻意的炫耀，却时时溢出清香。

钱穆不仅是我心目中最为经典的文人、大师，而且是令我钦羡的高人。常言说的谦谦君子、文质彬彬，又说“书生鲁且直”，在我心里，说的就是钱穆这样的人。他的写作格式结构煞是有趣，没有例行把引文和参考书目放在正文下方或者最后，常常在开头单立一大段，把自古以来所有已有的书目如数家珍地点评个遍，仿佛是对读者说：你们斯人斯事斯论，先读我这一本，我这里已经融汇古今；又仿佛对吹毛求疵者说：你先把历朝历代典籍全都吃透再来跟我说话。若想有新的建树，须得先过我这一关。看得人不禁莞尔。

钱穆在那一代人里难得地通透。他对世事洞若观火，娓娓道来的文字背后有着隔岸观火的从容，所以他把学问、皇上乃至于战乱都不那么当回子事儿。把家、国、史均当做手把件来玩味，是生计，亦是挚爱。

难得钱穆的文字不酸不辣。看似平淡，实则是太过明白，所以就不指望、不失望。在他的《中国学术思想史论丛》和《国史新论》的《序》中，他都提到“余少孤失学”，简单五个字里，多少艰辛，又有多少志气、多少升华，于所有的世态炎凉他都比别人多一份了然吧。既然没有如火如荼地投入过，也就没有伤痛。傅斯年将学术之争上升为个人恩怨，在抗战胜利后拒绝继续在北大聘用钱穆，钱穆呢，不辩解，亦不求人，南下，继续教他的书。这在无争之态，关键时刻可以救命。

钱穆也不是出世的人，他善于自保却不自私，紧要时出手办学，当仁不让地为国家葆有一缕文脉，但又仅限于此，当真冷静致史的人，万事一眼就看破了底，刚刚出手也就收手了。钱穆一生对于官位浮华决不强求，他时刻记得自己是个文人，但凡局势平稳，他就请辞那些官名，做回文人。

钱穆不跟人世、尤其是自己较劲，所以他允许自己在乱世里存着率性。于花甲之年欣欣然娶了比自己年轻30余岁的学生，也不介意旁人侧目。到了台湾之后，以钱穆的学术成就和威望，早该入选“中央研究院”院士，而事实是当年慨然接受顾颉刚之荐接受了钱穆的胡适、身为中研院院长的胡适却致死没有将此殊荣给予钱穆。钱穆呢，亦缄口不言。1976年《中国学术思想史论丛》将钱穆60年里的散篇文字集结出版，他谈到20世纪40年代于颠沛间被白蚁和离乱所侵蚀丢失的稿子时，只是说它们“如飞龙在天，云汉无极，可望而不可得见矣”。尽人事听天命，绝无气急败坏的不堪像，就算叹息都是节制的。看到这里，我倒是替他心疼得潸然泪下：那些白纸黑字啊，人油熬出来的宝，丢了，得有多疼！

钱穆是有幽默感的人，不然他不会活得那么洒然。《中国历代政治得失》中说到宋代皇权和相权安置不当，相权自甘低贱，国家总体权利运行体系出了大问题。点评道：“若使在唐代，由门第传统出头的人来处此局面，他们绝不会如此干。又像西汉初年一辈朴讷无文来自田间的人，也不会如此。那是晚唐五代进士轻薄传下的一辈小家样的读书人，才如此做。但他们当时的用心，终还是可原谅的。”看到这儿我不禁笑得打跌，不就是说老赵家[①]没人、故而矬子里面拔将军、前后两头不到岸嘛。

很想知道他如何评价傅斯年和胡适，但这枚老骨头才不肯乱讲话呢。至于比傅斯年和胡适更大的人物，他就更加不肯开口一论。大年代里，沉默也算是圆融吧。

钱穆圆融却绝不失大节。1990年，陈水扁攻击钱穆霸占政府建筑。这所谓的政府建筑被钱穆称为素书屋，是20世纪60年代蒋介石和蒋经国给予钱穆的礼遇。钱穆愤然搬离生活了20年的素书屋，回到自己家中。95岁的人，仍旧能够有力气愤然，谁能不肃然起敬？钱穆在生命的最后三个月里是抑郁的，但绝对不能说他委屈。在那一代大师里，在生命的终点，能有兼为知己与秘书的夫人相伴、安生地躺在自

① 意指赵匡胤打下的宋朝。

己的家里，真该算是上上大吉。

以文为生，优渥但不奢华，这是多少文人梦寐以求的生存方式，但鲜有人能够得到。钱穆从1895年活到了1990年，而且在中国作为文人活着，教书、著书、办学，最终全身而退，谁能说这不是高人？自出道以来次次关口做得了自己的主、吃得起亏、亦当得起福，这样的大家不多，而钱穆算是一个。

在此摘一段钱穆先生《中国历代政治得失》的《序言》，作为这篇功课的结尾。但愿那些“民主原教旨主义者”能读一读钱穆先生的文字。

> 辛亥前后，由于革命宣传，把秦以后政治传统，用专制黑暗四字一笔抹杀。因于对传统政治之忽视，而加深了对传统文化之误解。我们若要平心客观地来检讨中国文化，自该检讨传统政治，这是我想写中国政治制度史之第一因。再则我认为政治制度，必然得自根自生。纵使有些可以从国外移来，也必然先与其本国传统，有一番融合媾通，才能真实发生相当的作用。否则无生命的政治，无配合的制度，决然无法长成。换言之，制度必须与人事相配合。辛亥前后，人人言变法，人人言革命，太重视了制度，好像只要建立制度，一切人事自会随制度而转变。因此只想把外国现成制度，模仿抄袭。甚至不惜摧残人事来迁就制度。在新文化运动时期，一面高唱民主，一面痛斥旧传统，旧文化。我们试问是否民主政治可以全不与此一民族之文化传统有关联，

而只经几个人的提倡，便可安装得上呢？而且制度是死的，人事是活的，死的制度绝不能完全配合上活的人事。就历史经验论，任何一制度，绝不能有利而无弊。任何一制度，亦绝不能历久而不变。历史上一切以往制度俱如是，当前的现实制度，也何尝不如是。我们若不着重本身人事，专求模仿别人制度，结果别人制度，势必追随他们的人事而变，我们也还得追随而变，那是何等的愚蠢。其实中国历史上以往一切制度传统，只要已经沿袭到一百两百年的，也何尝不与当时人事相配合。又何尝是专出于一二人之私心，全可用专制黑暗四字来抹杀？

说实话，读钱穆的书绝不轻松，须得放下手机、离开电脑，须得粗缯大布、青灯黄卷。我远远没能读完、更莫说读通钱穆，但是就目下的一点点功夫，已经足够我受用，足够令我看清自己的贫乏与粗糙，足够令我在众人讨论历史时闭嘴，更足够令我知道何谓学海无涯。

回访基督山伯爵

一个不识字的孩子，怎样就成了一个能够阅读和思考的人呢？人到中年，就觉得这个过程真是侥幸，真是值得感恩。于是甜蜜温柔地回望那些读过的旧书。

这两天翻腾出来重读的《基督山伯爵》是初中期间读的书。初读时兴奋得废寝忘食，逢人就给人讲里面心爱的人物和曼妙的故事，也不管听众是谁？人家愿不愿意听？

父亲说，这部书写得虽然引人入胜，但终究是二流作品。我当然不服气，把书反复读过，引述其中我认为深刻的部分作为证据，说明这是最伟大的小说，绝非二流。父亲于是就随我去了。

但我却真的把这部书吃到肚子里了。曾跟朋友得意地炫耀，我能说出《基督山伯爵》中配角去国外旅行时所住的小旅馆的老板的名字。

高中时慢慢地懂得了，《基督山伯爵》的确是二流小说，而且大仲马在法国文学界的地位也并非翘楚。此书对于历史的交代太过马虎，经不起考究，主人公基本就是为了满足小年轻梦想而设计出来的理想国人物：英俊，奇迹般的财富，被美女围绕，博学，衣饰华贵讲究，香烟美食，宫殿，名马，承载着复仇使命，周身没有缺点，从不失败，自社会底层和人生谷底奇迹般地升华成无冕之王、世外高人……因为这一切，《基督山伯爵》绝无可能是黄钟大吕。

大仲马生平以书中的基督山伯爵自诩，挥霍放荡，生前负债累累，死后由政府出资还清债务才平息了种种是非。但是我心里不仅不疏离大仲马和他的《基督山伯爵》，每每想到这部书，总如思念一位有恩于自己的故人，心里满是暖暖的亲切感。该书的核心理念浅显而鲜明，对于那个特定年代成长起来的人们而言，它是一本极好的启蒙教材，是一个少年性格和人生观的基石，不深刻，不精致，但却必要，他不仅脸谱化地设定了人性中善与恶、美与丑、恩与仇、雅与俗的基本底线，也令我们获得了当时教育体系里并不具备的接人待物、言行举止的规范。

由于《基督山伯爵》，我知道一位淑女应该穿着淡雅精致，绝不可以俗艳，知道了最为优美的属于女性的颜色是白色和淡紫色，知道了女孩子要彬彬有礼、不事张扬，知道了尽量用眼睛讲话，知道了讲话时舞动手臂是粗俗自负的象征，知道了女孩子必须吃透艺术，也知道了绅士们应该初看衣着简单，细看下来每个细节都经得起裁缝和珠宝商最苛刻的端详，知道一位绅士即便是富可敌国，也仍然要从容闲雅，绝不炫耀自己的财富和地位，知道了男人应该勇敢而冷静，应该礼貌周全而又慷慨幽默，知道了骂人不可以带出不雅的词句，知道了男人既要明察秋毫又要宽容和善。

尤其重要的是，因为《基督山伯爵》，我渐渐开了窍，开始懂得无论对于男人和女人，善良、忠诚、不计前提和代价地为爱人付出、在任何情况下均自觉地信守诺言、富于洞察力、懂得感恩和报恩、用幽默的目光看待自己必须接受的人和事、好学、超脱于世俗的蝇头小利和琐碎细节、关注整个世界和国家的运行，这一切都是高贵精神最重要的要素，而这一切需要近乎残酷的自我修炼。

去年年初去巴黎，曾到先贤祠拜谒。在大仲马墓前默然许久，恍然间来到了基督山伯爵的宫殿，脚下仿佛踩了代替地毯的长毛没住脚面的虎皮，厨房里飘来芥末汁烤羊腿的香气。因着基督山伯爵大人，我觉得我们是认识的，我猜想以大仲马的虚荣、热情和博爱，他定会乐于见到我这个百年之后不远万里而来的中国读者，他定会欣然接受我的敬意。我只觉得自己又成了那个初读《基督山伯爵》的孩子，真心相信书中所述的一切都是真的，触手可及。

事实上，《基督山伯爵》的译者比著者更令我心折。

成年后，断断续续有意无意地接触过各种版本的《基督山伯爵》，虽说装帧华丽讲究了许多，但我郑重摆在书架子上的却仍然是蒋学模先生翻译的人民文学出版社（1982年）的版本。朴素的封皮外，是我20多年前用旧挂历小心地包好的书皮儿。

蒋学模先生是经济学家，但是他翻译的《基督山伯爵》却获得了远多于他的经典之作《政治经济学》的读者，当年曾经有过一书难求的盛况。作为文人，能够把闲章玩儿到这个份儿上，蒋先生此生足矣。

摘录一些《基督山伯爵》中曾经且并将一直照耀我的句子，向100多年前远赴天堂的大仲马和几年前驾鹤西去的蒋先生致敬，就像书中描述的，他们举着火把在前引路，不像是使者，而是为诸国大使引路的国王：

> 你补就错误的态度是这样得体，简直使人觉得要感激你犯下的那些错误了。
>
> 我可以原谅，但从不会忽略或忘记。
>
> 遵守时间，是国王的礼节。
>
> 在上帝给出事情的结果之前，人类的一切智慧是包含在这四个字里面的：等待、希望。

大仲马先生和蒋学模先生如今都已进入了天国，我相信他们一定已经相见并成了朋友，他们或许时常聊聊他们共同的老朋友：基督山伯爵。

如是我闻

这段日子在做一件功课：手抄《金刚经》。

前年夏天，正式翻开了《金刚经》。是经开篇就讲“法会因由”。我只见了最初的四个字“如是我闻”，就爱上了这部经。貌似谦恭平易，细一想，闲闲的从容里，有种“信不信由你”的贵重骨气。

以前因为没有真正读过经典，但是隐隐觉得修佛未必就要拘于形式，更不必以布施多少金钱作为诚心的标准。读了《金刚经》，心里一下子安妥了：原来我以往的直觉是对的，《金刚经》里的佛绝无半点故弄玄虚，甚至连善恶、对错都未给出定义，他单纯简净，浩瀚无比——佛就该是这个样子啊。

《金刚经》是简朴的，其中的佛也简朴。释迦牟尼自己也要着衣持钵，入舍卫大城化缘乞食，食罢，要亲自收拾衣钵，然后将脚洗净，铺好座位后开始打坐，为大比丘们宣说佛理。见不到金玉法器，见不到繁复的程序礼节。

佛是什么呢？初修佛法之人，总会不由自主地要问。《金刚经》里讲到佛的定义实在简单："如来是真语者、实语者、如语者、不诳语者、不异语者。"

如果说话，就要说真话、说实话，或者不说话、无声胜有声，最起码，不说假话、漫无边际的大话，难道这么简单就可以符合佛的定义？但是细想，一个人的一生时时刻刻都能达到上述要求，也真的不简单。

怎样修佛呢——读遍《金刚经》，基本的意思是：无论布施多少有型的、物质的财富，都不及受持、诵读经文更接近佛法。真正稀有而具备大功德的人，不是布施财宝金钱的人，而是能够读得懂、读得进、经常读经的人。关于这个观念，此经中多次反复提及，引比较有代表性的两段：

> 若人满三千大千世界七宝以用布施，是人所得福德，宁为多不？""若复有人，于此经中受持，乃至四句偈等，为他人说，其福胜彼。何以故？须菩提！一切诸佛，及诸佛阿耨多罗三藐三菩提法，皆从此经出。
>
> 若有善男子、善女人，初日分以恒河沙等身布施，中日分复以恒河沙等身布施，后日分亦以恒河沙等身布施，如是无量百千万亿劫以身布施；若复有人，闻此经典，信心不逆，其福胜彼，何况书写、受持、读诵、为人解说。须菩提！以要言之，是经有不可思议、不可称量、无边功德。如来为发大乘者说，为发

最上乘者说。若有人能受持读诵，广为人说，如来悉知是人，悉见是人，皆得成就不可量、不可称、无有边、不可思议功德。如是人等，则为荷担如来阿耨多罗三藐三菩提。

修佛亦不需执着于某种形式。“凡所有相，皆是虚妄。若见诸相非相，即见如来。”“离一切诸相即名诸佛。”“法尚应舍，何况非法。”“若人言如来有所说法，即为谤佛”，“说法者，无法可说。”“是法平等，无有高下”，“以无我、无人、无众生、无寿者，修一切善法，记得阿耨多罗三藐三菩提。”最令我击掌称心的是，《金刚经》里没有要求斋戒，没有要求塑画金身，没有要求香华诵经的具体仪式，佛、菩萨、罗汉、比丘之间的礼仪，也仅限于恭敬合掌。

修佛绝不是与佛做生意，以物质的布施交换生界的物质利益：“若以色见我，以音声求我，是人行邪道，不能见如来。”

《金刚经》令我爱不释手、常读常新的原因还有一个：美丽。

美丽这个词或许不是为一部经典准备的，但是除了美丽，我找不到更恰切的词来形容《金刚经》。我不懂得梵文，唐玄奘翻译的这部经其实已成为我心中土生土长的中文经典。行文高贵、曼妙，余香脉脉，像一尊由云霞雕砌而成的塔庙，既不敢抽走一朵纱，又无法再插进一根针，那样的完满，那样的磅礴。想举例说明这种美丽时，觉得恨不能把整部经都一起堆上来。在此只录结尾吧：“一切有为法，如梦幻泡影，如露亦如电，应作如是观。”“佛说是经已，长老须菩提及诸比丘、比丘尼、优婆塞、优婆夷，一切世间、天、人、阿修罗，闻佛所说，皆大欢喜，信受奉行。”

一直以来，就爱“皆大欢喜”这个说法，一向觉得当自己遇到任何矛盾时，无非是因为自己不足够大、不足够强、不足够把所有的矛盾和凝涩熔融为完美，所以“皆大欢喜”始终是我心里最为神往的境界，待发现这个大俗大雅、雅俗共赏的词句原来竟是《金刚经》的结尾，我欢喜得双手合十，低头咬住了嘴唇。

《金刚经》里还有一件令我战栗的宝藏，那就是佛的孤独隐忍——高贵自愿的孤独与隐忍。原来，如来佛并非佛的开始，如来佛修持了无数劫，方得燃灯佛授记：“汝于来世，当得作佛，号释迦牟尼。”然后，“若有人言：如来若来若去、若坐若卧，是人不解我所说义。何以故？如来者，无所从来，亦无所去，故名如来。”

就这样，与《金刚经》结缘两年以后，我惊喜地得到了一册黄庭坚手抄《金刚经》的帖子。那样美丽的文字被那样美丽的字书写出来，真的美得难以置信。捧着黄庭坚的字，只觉得可以触得到他的手和他的笔。于是，在兔年的前夕开始照着黄庭坚的版本手抄《金刚经》。

刚开始时，笔触生硬如火柴，但是，不着急，继续抄。反正没有老师批评。

过了一个多月，感觉有了些不一样了，笔似乎有些听话了。

然后，开始放弃评价自己，只是写、写、写。每次提起笔来，只觉得幸福。

再一个多月后，我的墨色有了轻重。

我不允许自己再责备自己的字进步太慢，因为待到抄完整部《金刚经》时，我已经知道我会一直抄下去。我也已经知道我会抄得一次比一次好，所以也就不急在一时。而我也知道，我永远不会写得象黄庭坚那样优美，但我也知道我仍会因为抄经而欢喜。

这次抄的这部经，我于清明节之前作为孝礼化给了长辈。事后，与几位修佛的朋友说起了此事。有朋友说，即便是供奉先人，焚经也是极大的罪过；有朋友说，以我现在微薄的功德和道行，这么做只会令先人的冤亲债主来寻我的麻烦，实属不自量力的鲁莽；有朋友说，以手抄的经文供奉先人，功德无量。

我并不打算探寻哪种说法更为正确，反正大家公认抄经是一件大好事。《金刚经》里说："一切圣贤，皆以无为法而有差别。"我只是决定继续抄下去。

不论以往对、错、得、失，能坐下来一撇一那地抄《金刚经》，这本身就是我的福报。真的知足。

依依似君子

我一向痴迷看纪录片，今天看《自然界大事记》中，关于东非草原的部分：旱季和雨季交接的时分，火山骤然喷发，角马和狮子在春夏之间的草原上演出着兴衰生死的草原剧。罗嗦这许多其实要说的是配乐，这样的画卷，这样的大剧，什么样的音乐才配得起？

莫扎特的《朱庇特交响曲》。

熟悉的旋律，贴切无比。

《朱庇特交响曲》真是可以被万人万事同享的盛典。我听过有人用它配丽日白云下的惊涛拍岸，我听过电影里卖弄风情的小白脸用它哄骗很傻很天真的小女友，我听过有人用它配孩子认真地遥控草地上的玩具电动车，我听过有人用它配米开朗基罗恢弘的壁画……如今我在狮子、鳄鱼和角马的鏖战中又听见了它。

莫扎特作为神童，童年的日子漂泊而尴尬，四处演出，小小肩膀扛着一家子生计。成年后仍然穷困，诸事不利，他的艺术甚少得到敬重，更多的时候是他谋生的手段。但是，没有任何人世的困难可以打扰他的音乐。他的音乐传达的是天国的光明，是神祇对人类的嘱咐，是单纯无忧的爱与温柔。《傅雷家书》里说莫扎特的音乐不像他的生活，而像他的灵魂。而其灵魂如此顽强的优美只能被作为莫扎特是天使的论据，否则无从解释。

莫扎特明快的温柔是可以直接入心的。那样无心的快乐只可以被比拟却无法被定义。那是刚刚与婴儿一同沐浴过的母亲，落在粉腮上的轻吻；那是斜照在木地板和木家具上的阳光；那是清晨时分，当一滴露水盼望从草径上跳到花瓣上时，刚好吹来的那阵清风；那是一个正爱着的人熟睡醒来想到爱人时，忍都忍不住的笑意；那是芭蕾舞娘曼妙转身时的回眸；那是种子在泥土里遇到春雨时感恩的心情；那是13岁少女饱满晶莹的额上轻舒漫卷的几缕碎发和半涩半甜的目光；那是老奶奶用文火炖在大陶罐里的那支鸡的香味；那是倾心于落日的霞们的身姿；那是象牙般的肌肤披上天鹅绒的刹那；那是融雪后濡湿的泥土里冒出的那丛褐色的小蘑菇……是的，莫扎特是无须翻译的优雅的快乐。

望着火山灰下匆忙享用角马的狮子，一下子明白莫扎特的朱庇特不专属于某时某时某地，但又纹丝不差地属于时空中的所有惊艳与所有寻常。天时地利人和他样样总能占住。我的心里冉冉升起两句话：“依依似君子，无地不相宜。”

刘禹锡的《庭竹》“露涤铅粉节，风摇青玉枝。依依似君子，无地不相宜。”是我一直喜欢的小品。刘禹锡是个脾气很拧的人，与柳宗元是死党，难得的是一生里虽然历尽波折，仍然同进同退。前后数次流放，好不容易在十年后守到了云开雾散，可是刘禹锡回到京里喘息几天，还是看不惯得志者的招摇，于是又写诗讽刺正得势的政敌，教人家捉住了结实把柄又放出了京城。可是刘禹锡也真能熬，熬死了数位皇帝，熬走了当初的政敌，于十多年后再次杀回京城，再次得意洋洋地写他的歪诗，继续嘲讽他的政敌，而且连韵脚儿都不变，挑衅地吆喝着："前度刘郎今又来。"妥妥是茅坑里的石头。

其实在政治斗争这件事上，难说对错。政敌之间，整起人来谁的手都不软，做大者，没有人是干净的；失败者，亦难说无辜。但是你听啊，"杨柳青青江水平，闻郎江上唱歌声。东边日出西边雨，道是无晴却有晴。"刘禹锡这副小女子的婉转心肠，配上古乐府的派头，把诗写得轻盈又厚实。所以我就决定跟他一伙儿，然后再假定他是个好人。

就算是一辈子行走在刀刃上，到头来依旧觉得万般劫数总结起来无非是一册诗集，"依依似君子，无地不相宜"，中空而有节，分明就是自传，所以分外喜欢刘禹锡，当然还有莫扎特。

高贵的欢乐

花两个月才断断续续读完这本才十万字的《肖斯塔科维奇》。读得这样慢，一方面因为这两个月里一直在抄苏轼版的《金刚经》，共抄了六份：呈给师傅一份，为佛菩萨装藏之用抄了两份，为父母抄一份，为两位表妹各抄一份，而抄经是一项极需集中心力和时间的功课；更为主要的原因是这本小册子史料容量极大，其文字的绵密质感令我不得不拾回父亲的要求：不提笔不读书。这样连勾带画并随时加眉批之后，还必须要把其中的年谱、人物与以往读过的苏俄音乐家的书中内容进行比对，以便加深对那个时代、那个国家的那些大师们的理解。这样折腾几圈儿之后，仍然不敢说把这本书吃透了。

这本小册子真是禁得住读。过瘾！而读它的起因仍然是音乐。

肖斯塔科维奇的《芭蕾组曲（黄金时代）》与《爵士组曲》是基础口粮。

那是全然没有依托的快乐，轻盈得无思无想，好比是春日森林里的花，自泥土里奔涌而出，风雨晨昏，时时夺人眼目而不自知，那样的花海用怎样的词语来形容都觉得无力，只是觉得自己的心中了蛊咒一般，熏风掠过，不觉地手舞足蹈。

肖斯塔科维奇为每一种乐器写一首舞曲，就好比森林盛会，每一位仙子顺序出场。圆号唱的是康康舞，双簧管唱的是波尔卡，长笛唱的是华尔兹，单簧管、大管、小提琴、大提琴都先后有致，慢而不散，紧而不赶。云为靴，花为裹，风为裙，个个奇异华丽，个个曼妙轻盈，伯仲不分。“与善人居，如入芝兰之室，久而不闻其香。”每次真正感受到肖氏的美，都是在关掉音响回到尘世之后，只觉自己和万物都是不忍听的噪声，都恶俗得不忍看，方才觉得肖氏赐予人间的原是来自阳光、森林和清溪的颂咏，是那样高贵的欢乐。

肖斯塔科维奇的基本功扎实，那些曲子无论怎样水一般地四处奔涌，其起承转和、配器色彩均无可挑剔。

以前觉得施特劳斯家族的舞曲悠扬典雅，但是听了肖邦就觉得斯特劳斯家的维也纳风情总隐隐有些珠钻蕾丝和胭脂口红的味道，虽说是漂亮香甜，但到底有些天真地憧憬着富贵浮华，心思窄了些；听了肖斯塔科维奇的《芭蕾组曲（黄金时代）》和《爵士组曲》，又觉得肖邦的风情总归是脱不开夜色中的诗句和男欢女爱，虽说美丽，但到底说的仅仅是人间那点子事儿，格局小了些。而肖氏说的浓烈与清澈均来自空灵的天国，是斋戒后的顿悟，是只有守拙的人才可以品尝的圣果。

因它们好吃得百吃不厌、要紧得性命攸关，就像冬日里的萝卜白菜、厨房里的米面，所以也就心安理得地天天吃用，竟忘记了感恩，忘记了赞叹，也就根本想不起问问根由。

近来喜欢一张CD的题目，叫做《高贵的忧伤》，说的是拉威尔的钢琴圆舞曲，于是心底里由然而生地就套用这种说法：肖斯塔科维奇，高贵的欢乐。

这才发现自己的不知感恩，这么久了，关于肖斯塔科维奇，我知道得那么少。于是决定隆重地读一读肖氏的传记，我要了解他，要探究他那高贵的欢乐的渊源。

《肖斯塔科维奇》是那种实实在在的书，按照作者的资料占有量和花费的功夫，是足够做出长篇大论的。但是作者却不肯兑水，写出来的文字皆悉干货。字里行间都嗅得出，这个厚道人是个真的读书人，也真的爱肖斯塔科维奇。读这样的作者的书，不分外上心就真的亏欠人家了。

令我欣喜的是，读这本传记的思考过程部分地回答了我不久前听到一位学者提出的问题：为什么前苏联在专制高压之下，仍然涌现出一大批世界级的文化大师？

苏俄那个时代的艺术家几乎个个出身了得。肖斯塔科维奇的家庭颇有来历，他父母的证婚人是如雷贯耳的门捷列夫。

十月革命历时很短，并未引起大的社会动荡，且在列宁主事的年代，对于知识阶层并未大动干戈，故而那时的艺术教育体系尤其是人才选拔体系并未受到毁灭性破坏，所以出生于1906年的肖斯塔科维奇在青少年时代，仍然可以接受那个时代所能提供给一个音乐天才最好的教育。

最令我念念不忘的是肖斯塔科维奇的一位贵人：列宁格勒国家音乐学院的院长格拉祖诺夫。这位坚持让肖斯塔科维奇学习作曲的音乐界大佬并不喜欢年轻的肖氏的作品，觉得“它们糟糕透顶”。但是这位当年提携过霍洛维茨的家伙竟然为了肖氏亲自去向权倾一时的高尔基争取奖学金：“的确，那些作品不能使我满意，但这完全不重要——因为时代属于这个年轻人，而不属于我。是的，我不喜欢那些作品，但这又何妨？”“这将是音乐。必须为他提供奖学金。”结果与格拉祖诺夫素昧平生、年仅15岁的肖斯塔科维奇拿着在那个年代珍贵无比的奖学金进入了当时苏联的最高音乐学府。3年后，18岁的肖氏就写出了奠定其大师地位的《第一交响曲》。

或许天才的萌芽产生于偶然，但是单靠个人的努力决不足以使得少年天才成长为大师。如果不是有丰沃的土壤，这个民族不可能在通胀、思想压抑、清洗和战争中孕育出肖洛霍夫、斯特拉文斯基、普罗科菲耶夫、哈恰图良、肖斯塔科维奇，以及后来的索尔仁尼琴。

格拉祖诺夫式的人物令我神往不已我始终不能说清楚贵族应该有怎样的定义，但格拉祖诺夫肯定是我心目中的贵族。

肖氏爱他的国家，他内心愿意为他所在的时代甚至政府寻找一些合理性——他们待他着实不薄。

苏联的知识分子有的彻底妥协，甚至放弃内心的信念，但有一部分人，直至苏联解体，仍然象狼一样拒绝被驯化，他们有时沉默，本能地知道需要自保，他们有时有限度有底线地合作，不过自由和美的精神始终薪火相传，这或许可以解释在高压统治下，前苏联在文化领域仍然产生了一批世界级的大师，而肖斯塔科维奇就是一只从未被驯化的狼。

当然，作为一个音乐家生活在20世纪前70年代的苏联，并不是一件轻松的差事。在听肖斯塔科维奇音乐会的时候，斯大林曾经中途退场，这给肖氏造成的心理压力可想而知。但是他后来到底还是得到了斯大林奖金，因为在二战中鼓舞了世人士气的《第七交响曲》为苏联赚足了面子。

肖斯塔科维奇无疑是幸运的：越是专制的政权就越需要粉饰太平，当时的苏联需要向世界证明在他们的意识形态之下仍然可以产生一流的艺术家，而且他们仍然可以自由地活跃于世界舞台，同时西方也需要证明他们的“民主”、“博爱”和“胸怀”。而肖氏如此完美地契合了各门各派的需求：童年里有不多不少物质上的艰辛，被大师们手把手教出来的音乐神童，自演奏家到世界级作曲家的转折在大学尚未毕业时已经圆满完成，高贵出身带来的气质与教养使之与全世界的艺术大师在交流时绝无一丝逊色，他与他们中的很多人还是莫逆之交，最妙的是，他在二战期间写出了既能鼓舞全世界斗志又经得起推敲足以传世的经典作品，他在苏联受到过并不过分的严峻地排挤和批判，而肖氏也曾经做出过不轻不重的检讨，他眼看着自己的朋友、同事、保护人或明或暗地消失了，这种恐惧足以使他慎言慎行，却没有使得他丧失创造力，这使得西方艺术界可以毫不吝啬地赞誉他，几乎每个西方国家都给予他某些光彩夺目的头衔或奖章，而他祖国的统治者亦可以相对放心地把这只风筝放出去。

冰雪聪明的肖斯塔科维奇曾经感叹：不明白自己为什么居然可以活下来。其实对于祖国的独裁者和西方的“民主人士”，肖氏内心都很是憎恶不屑。他一生的幸运和痛苦均在于他既热爱自己的祖国和文化，热爱音乐，他亦以不可磨灭的本能热爱着自由。

“回头看，除了一片废墟，我什么也看不到，只有尸骨成山。”肖斯塔科维奇能够活下来固然是奇迹，而真正的奇迹是：他至死都葆有着一颗优美高贵的心。他曾经冒险给斯大林写信为被捕的同仁求情；他承继格拉祖诺夫那一代人的传统提携有才华的年轻音乐人；他亦是个好教授，从不休课，又从不讲自己的首演作品；他甚至敢于批评当时的风气，结果与最好的朋友一道失去了一切职务（当然，仅仅在一段时间里失去职务已经异常幸运了）。在政治运动中被批判、坐冷板凳的年景里，他保持沉默，用功写作，从不血口喷人；在祖国以外的场合，一直真诚地维护祖国的尊严而从未抱怨个人的得失更未想到离开。

而他的欢乐是那么少。在肖氏作品中，被我们当饭吃的高贵的欢乐的《芭蕾组曲》和《爵士组曲》只是异数，是他凝重困苦的心灵里稀有的光芒与芬芳。蚌病成珠，所以，你看，肖斯塔科维奇是配谈欢乐的。

享用过这些快乐之后，象交功课一般，我还是让自己听肖斯塔科维奇的《第五交响曲》、《第七交响曲》和《第九交响曲》。那是肖氏关于战争和胜利的解读。肖氏曾经私下表达过类似的想法：被迫卷入二战是某种幸运，因为他终于有理由在自己的音乐中表达忧伤和愤怒了。这或许可以解释为什么用以表达胜利喜悦和骄傲的《第九交响曲》充满游移和啰嗦，远不及表达抗争意象的《第七交响曲》那样饱满、有力。而《第五交响曲》背后则是无奈与挣扎：他不得不将它献给斯大林，换取活命和从事音乐活动的机会。

读过了《肖斯塔科维奇》，想想被秘密处决的肖氏的保护人图哈切夫斯基元帅和他的同行哈恰图良，再听那充溢着高贵欢乐的《芭蕾组曲》和《爵士组曲》，在这些舞曲里，竟然没有一丝苦难、没有一句呻吟、没有一点禁忌、没有一笔粗俗、没有一缕惶恐，那鲜嫩欲滴的发自内心的快乐是那么矜贵，心里怎能不分外地怜惜：这是只劫后余生的荆棘鸟啊。

因为这一切，原谅肖斯塔科维奇那些不可解释的言行、偶尔有限的妥协吧。其实传记作家们也不敢说就把肖氏看透了，是啊，他怎么敢把一颗心敞开、再原原本本留给后人，做不到啊。

要特别指出的是，听《芭蕾组曲（黄金时代）》与《爵士组曲》一定要听俄罗斯本土乐团的演绎。也听过日本人和法国人的版本。乐队本身的乐器、技术均无问题，只是关于肖斯塔科维奇，他们隔靴搔痒，有劲儿使不上。没办法，他们怎么可能对俄罗斯和肖斯塔科维奇感同身受呢。肖斯塔科维奇犹如俄罗斯大地上的冰雪，在故乡里清极不知寒，可一旦离开属于自己的土地，魂魄总是难免被侵蚀。

隆重推荐圣彼得堡爱乐乐团的版本，真正是原汤化原食，一句话：舒坦。

文思

文思

有规有矩乃方圆：量词的妙处

学英文的第一个星期里，跟老师学到a book，a pig，那时虽然人小，也立时就明白，中文真好。我们平时说惯了一碗饭，一捧沙。自然，饭总是要盛在碗里，否则岂不是一锅饭。沙不捧着就会流走，就会成一粒沙啊。这是根本不需要有文化就能懂得的道理；但对那些外国人，饭即是饭、沙就是沙，置于何方、心处何境，得另外再作精确形容。只一个字就把形态神韵说个清清楚楚，实在是中国人的智慧。

中国话是挑剔的、讲究的。一盏灯下一壶酒，一尊佛前三柱香，千般物件、万种风情，都得分门别类，丁是丁、卯是卯。错不得，一旦错了，叫人笑掉了大牙也是有的。

刚制成的大张纸，张张铺设整齐，未曾经过剪裁、更未染些许墨汁，无数的空白且待填补，是为一刀纸。那得是怎样的刀，手起刀落，厚实的纸坯子旋即就被劈开来，连毛边都不飞的，利落的声线犹在耳畔，杀气腾腾的痛快。

雪白的盐，主妇做饭时，心里斟斟酌酌，手上添添减减，看似不好计量、可实则心里有数，待一道菜被热气腾腾、端端正正地轻轻往桌子上一墩，那盐味多一丝嫌重，少一丝嫌淡，这就是我们日日餐餐不离的一撮盐了。当主妇熬成了妈妈甚或奶奶，便会熟能生巧地修炼出一门一抓准的功夫，这等功夫就不仅是有滋有味、更是有板有眼了。

最绝的量词是“眼”。一眼井。是啊，那水汪汪的井可不就是大地的明眸。

中文里的量词，一个字用下去，有数有量，有规有矩，这件东西便有了活气。一杆称，一缕风，一袭纱，一床被，就那么呼之欲出、栩栩如生了，这哪是a door，a pen，可以相比的。

以前学过一首教孩子们数数的小品诗：“一去二三里，烟村四五家，楼台六七座，八九十枝花。”要是翻成英文，把意思说明白了再押上韵脚，得浪费翻译们多少宝贵的脑细胞啊，而中国的童子们，就在这样烟村暖暖、花枝乱颤的景致里，童音琅琅地吮饱了文韵与智慧。

成年后读史，自有那一盘社稷、百朝天子、万古江山。

古人惜别，回音千载。长忆及刘长卿的孤寥：长江一帆远，落日五湖春。

而李商隐那句：一寸相思一寸灰……简直重得像铁锤，真能把人心砸得生疼。

爱听老人们说：看这一夏雨水，这一季收成错不了。

总记得妈妈说的老话：人这一辈子，三穷三富过到老。

感念老友寄来我的生日卡上写着：知己若君，三生有幸。我也跟她回一句：醉笑陪君三万场，不用诉离殇。

感叹在恋人处柔肠百结的陆游更有大志气与大担当：一身报国有万死。

听到杜牧说：二十四桥明月夜，听到钱起说：二十五弦弹夜月，绕口令儿似的，独自不禁莞尔。

幸亏是中国人，从小天经地义地说熟了中国话，否则光是一颗心、一串泪珠，得下什么样的工夫才能学会。而曹雪芹形容家里的大观园，“绕堤柳借三篙翠，隔岸花分一脉香”，又要怎样丰容盛姿的文字里才沁浸得出来这样的文人和这样的句子。

千百年来，众人齐心合力、精雕细刻，中文里的量哪里是那么容易就说得清楚的，可妙就妙在谁都说不清楚其中的规矩，可每个中国人又都有本事说得合规矩，说得方正圆熟。无量即是有量；无量，天尊。

譬如此刻窗外，一盘青天一方土，一潭碧水一弯月。

欲辩已忘言

这一辈子最重要的决定是在高三那年做出的：报考历史专业。我的人生由此展开，此后所有的人生际遇，均与这个决定高度相关。

那时就已听说，历史专业百无一用，再说历史浩如烟海，大师灿若星辰，做本行出人头地难若登天，若改行则未来择业之路狭窄、谋生之路艰辛，能混个平安都算是上上大吉，至于富贵荣华、名利双收的美事，想都别想。提醒我的都是值得尊敬信赖的亲友师长，全都是为我好。而我也深知他们说得全都正确。

但还是选择以第一志愿报考历史专业，义无反顾地去过无用的一生。

清清楚楚地记得，上学后第一学期快要结束时，一位师姐问我：你觉得历史是什么？

我脱口而出：历史是血腥的幽默。

那时连通史都没有学完，但也已看到，类似一加一等于几的问题要用几代人的幸福和生命作为牺牲才得以证明。生灵涂炭之际，历史闲闲一笑：逗你们玩。这样的经典玩笑有一次已经太多，可历史轮回往复着玩，乐此不疲。

自历史专业毕业后，找工作时被告知：你的专业不太对口；干活儿时得比别人多下几倍的功夫，谁让自己的劣势对应着别人的优势；多年之后仍不时被问及：你怎么是学历史的呢。

完全不吃惊地发现当年亲友师长们所言极是。

还不止呢，学历史的人最不会聊天了。年轻时，不知天高地厚，不懂得藏拙，人家口若悬河地讲了半晌古希腊的伟大民主传统，我当啷一句补充：它的基础是公民阶层对总数近三倍于自身的奴隶的残酷统治；人家大谈曹植说“盖有南威之容，乃可以论于淑媛；有龙泉之利，乃可以议于断割”，我自告奋勇地注释说曹植原话说的龙渊之利，后来唐人为尊李渊之讳才改为龙泉的；人家义愤填膺地说古人追寻公平正义的激情远胜于今，我便说也不尽然：公平一词最早出自《吕氏春秋》，里面讲“昔先圣王之治天下也，必先公，公则天下平矣。平得于公”。统治阶级早早就把“平”作为自己的目的，而“公”不过是手段。公平与正义不完全是一回事；人家激动地说今年是人类历史上最特殊的一年，我说古今中外的大人物都爱标榜今年是历史上最不平凡的一年，是自己挽救了时局。

人家见过嘴欠的，没见过嘴这么欠的。再说人家又都不是没读过书的，平白受了抢白后自然是有来无往非礼也：好吧，既然您是学历史的，就请教您个历史问题，您给我们上上课，指点一二。人家都不用出特别刁钻的题目，随随便便问及某个掌故，我便当即卡壳儿，从无例外。

人家便又问：你不是学历史的吗？若真是遍知前尘往事的大师就好了，哪怕是个博览群书的方家也好啊，可自己偏偏是个半瓶子醋。于是只有据实答：我学得不好。所以说学历史的人最惨，这一辈子都别想有机会凭着专业吓唬人，至于糊弄人，就更遥不可及了。

几次三番过后，我终于学会了闭嘴，但是听了不靠谱的重大发现和研究却总是做不到附和赞叹，一双眼睛总是冷的。长此以往，我的人缘儿可想而知。

学历史最难成家。一旦真的成为了历史学家，人家又不当你是活人了：历史学家，不是古董也是文物，当然要敬而远之。嗨，还是甘心当个坏学生吧。

历史是影响每个演员切身命运的戏剧。大家公编一个剧本，各说各话，各行各事，一觉醒来，银盘早已暗转，换了人间，人人发觉自己当初的剧本是痴人说梦，可又都会跟别人说自己当年是如何地先知先觉、料事如神。

历史是一棵洋葱，你得一层一层生生地剥，又似永远也剥不完。待你好不容易剥得通透了，却早已被逼得涕泪交流，什么都看不清了。只有转过身去，把手眼都洗干净，道一声“领教”了，也就从此不复回头。只是那股辛辣，碰不得又忘不了，象块找不到膏药的癣，留在心上，好象到来生来世都会是咒语，阴魂不散。

不知自己身在史中的人有福了。

历史就是过去了的事。可又有什么事又是过不去的呢？再说哪里留得住？所以万事都是历史。历史是弥勒，大度能容；历史亦是海，有容乃大。

当然，学历史也有好处。以先人的血泪洗面，得以容光焕发，所以很善于珍惜快乐。

把那些陈芝麻烂谷子都酿成酒，浅酌漫品，是可以让人成精。

近30年过去了，仍然还会听到有人说，“何必专业学历史呢？自己看看书不就行了？你学历史有用吗”？

让我说什么好呢？或许可以跟这些人说：历史终于让我如愿以偿地过上了无用的生活。但又觉得这不足以说出历史的好。历史于我这般的人到底有多好呢？真的是欲辨已忘言。所以终究什么也没有说出口。

但心里冰雪澄澈地知道，学历史是我这辈子最奢侈的一件事。这是我不可能更正确的决定。

半年前，在梵蒂冈博物馆见到了历史庇护神CLIO[1]的塑像，面对她，我在汗味肆虐、闷热得令人作呕的大厅里静静肃立，在心里默默献上泰戈尔的诗句：“你已将你的宝剑赐予我，我不再需要玩偶的饰品了。”

可还是有人不依不饶地问：你们学历史到底有什么好啊、又有什么用啊？我就真的说不清楚了。

欲辨已忘言。

① 克里奥佩特拉（cleopatra）的简称。

一泓清水一轮月

我有一本行书字帖，内容是唐诗。

那个傍晚，在下班后与晚上的工作餐之间，有一小段余暇时光。心里不知受了什么启示，将帖子翻腾出来，一笔一笔地描摹起来。

一开始，只觉得手是拙的，心也不静，字一写出来便走了样，僵得象我敲了大半日键盘后的筋骨。蓦然发现，自己的字原来是那么的难看。于是便用了心思，慢慢写，每一笔花的时间比平时写三个字还多。横竖撇捺间，心就松了下来。

不知不觉已临完了一首诗：

银地无尘黄菊开，紫梨红枣堕莓苔。

一泓清水一轮月，问君今夜来不来？

望着这串墨迹，我竟被慑住了。一颗能洞悉天地的大心，如此从容又如此欣喜地关住着时光本身的质朴与安宁，最后在含笑间优雅的一邀，有谁能不怦然心动?

再向帖内寻找，作者项下分明注的是：佚名。哈，不必李白杜甫，不必八大家，无名氏信口一吟，也足可以余音不散。泱泱五千年，满天星光，不知道那颗颗星宿姓氏名谁、远近来历又何妨，那光芒自会照得我辈身前身后灿烂无垠。

电话铃骤然响了，客人说路上塞车塞得厉害，要晚一点才能到.我向楼下望去，只见人潮如涌，霓虹满目，噢，对了，我原来身在一幢繁忙的写字楼里，这幢写字楼处于写字楼密度最大的街区，这个街区又坐落在北京——几乎是世界上发展最快、变化最快的都市。

我们正在飞速远离以往的生活，无论走得多远，全赖那将心照耀得银地无尘的璀璨星光，我们才会永不迷失。

我知道再过十分钟，桌上的电话又会响起，今天不太走运的客人就会到来，下一个节目就要开始，而那将是另一番应对。我是知道的。但我还是提起了笔，照着帖子上苍劲老道的字体描摹着：

一泓清水一轮月。

这一次，得心应手。这泓清水这轮月，原是住在我心里的。

当一个中国人多么好，可以有这样的诗句当书法来练，有这样妙的天地容得下我们亦俗亦雅，有来有往。

我将最后那一句临完才肯收笔：

问君今夜来不来？

只觉得先人的笑意沁浸了我的每个毛孔。再向窗外，紫蓝色锦缎般的天幕上，新月已依稀可见。我听见自己说：

来了。

时光的凝香

宋美玲走的时候，106岁。

为那一代顶尖风云人物划句号的，竟会是她。

她在中华民族遭受最严重的一次侵略时，倾力致力于抗战；她是中国历史上第一支空军的第一任司令；她如此爱她的国家和民族，冀望于它的统一和强盛。这些，谁都知道，是有了定论的。

当然，她活得足够长。度尽劫波兄弟在，相逢一笑泯恩仇。事实上是她活到了最后。如果早30年她随丈夫一同走，恐怕得到的并非今日的定论。

然而，作为一个女人，谁又敢说知道她呢。

她有过寻常女人几乎不可能达到的惊动全国的时刻：她拥有百多年来最盛大的婚礼；她是唯一一个两次在美国国会发表演讲并赢得满堂彩的中国女人，这些彩头的直接奖励既有真金白银的大笔美元援助也有半个世纪后仍然雷鸣般轰响的掌声与全体起立致敬；西安事变时，她出人意料地飞到那里，为了她的国家以及丈夫，带来丈夫挚爱的食物，也促成国共两党的合作。在飞机上，对内情尚不了解的她曾递给同行的端纳一只枪，如果有不测发生，她请求他杀了她。平日里在老照片上看到的她，雍容而典丽，总是笑得恰到好处，而且比那个年代的所有电影明星都夺目，难以想象她的心性原来这么的烈。

她一直护着张学良——他丈夫的仇家；传说她拥有无数的财富和宝物；她有专门为她一个人做了一辈子旗袍的裁缝；她曾逼戴笠收回暗害姐姐宋庆龄的命令，而实际上那个命令已经箭在弦上；她没有子女；有很多人崇敬她、爱她，也有很多人恨她；她会讲流利而考究的英文；她注重养生之道而且颇为成功，传说她用牛奶沐浴，而她自己解释说只是用了草药汁；她总是装扮得无可挑剔；没有人不曾听说过她。真的，其实作为普通人，我们知道的并不多，并不足够把七巧板拼满，并不足够看透一个立体的生命。

这个足涉三个世纪的女人，面上看一生享尽荣华富贵，而实则大半生都周旋在权利的磨心，那灼目的聚光灯下其实也是最暗的阴影所在，她到底经历了什么？如果把这些记录下来，该是多么丰饶的活历史。而她与她那喜欢记日记的丈夫不同，她决绝地不肯说，只言片语也不肯留下。

或许不说是因为太知道这一百年里经历的一切的分量，实在不堪回首，即便现在，仍有诸多禁忌；或许不说是因为骄傲的释然吧——她并不需要别人的评价；或许不说是因为敬畏史笔吧，“不能说，不能说，一说就错”，而她是不能错的，她很知道这一点；当然，或许她就真的忘记了。当年的风流际会，她不说，百年之后也就风流云散了，反正再也没有人可以说了。所有谜团都悉数带走。这需要怎样强大的定力。

即便她在最后的近30年里，已经如此地超然物外，她身上仍旧集聚着世人的目光，宋家三小姐仍是经年不散的沉香，空前也绝后，所以她注定会成为传奇。

无限江山，别时容易见时难。流水落花春去也，天上人间。

原来时光是可以凝固的，她就是不容质疑的铁证；原来凝固的时光是可以如此馥郁且妩媚的，也因为她。

令人惊奇的是，在她最后岁月里一直陪伴她的亲人宣布，她的遗产只有12万美元。她去美国之后只提过一次钱：“钱够吗？”答曰：“够。”据说她从此就没有问过钱的事了。怎么可能？！可又怎么不可能呢?

宋美龄今后还会不断地被提及，会有人一直去探究那些被她毫不吝啬地永远封存的谜底，那简直是一定的；其实不是没有答案，只是那答案将有很多个版本。当然她早知道的，不过她显然认为这样最好，那简直是一定的。

2010年春天：纪念肖邦诞辰200周年

立春、雨水、惊蛰已经不远。节气逶迤而行，树们依着时令，渐次挺直了身子，虽说还是没有现出些许绿意，可若是无意间折开一枝葡萄藤，就可以欣喜地见到如血液般暗涌的汩汩青绿。而那些厚衣服也已经穿不得了。

如果想在北京那著名的二、三环上，尤其是在上下班高峰时分仍然有定力记得此刻正是初春好时节，仅有的办法就是听肖邦了。

近来不知不觉地总是在听肖邦。这是克劳迪欧·阿劳版的肖邦，这绝对不是五星级酒店大堂里附庸风雅的饰品，阿劳有着在殿堂里忘我膜拜的朝圣者才有的忠贞质朴，再配上一架好琴，这确实是肖邦的心跳与呼吸。

这样的曲子，应该屏息听的。而我鲜能做到。被人挤时要躲，实在着急时也会挤人。听别人按喇叭觉得人家没教养，自己按喇叭时又理直气壮。

肖邦呢，就像嫩嫩的春意，满眼满身都是，令人自心底里会意，可又哑口无言，深知自己此刻听肖邦简直是煮鹤焚琴，但又有把握他绝不会被扰乱丝毫。

“阶上香入怀，庭中草照眼。春心一如此，情来不可限。”就是这样了，艳得铺天盖地，可又这样的厚道，已经浓丽得搅不开了，仍然安静柔顺。还好，这世上有过肖邦。

而想到肖邦的身世，我们又何止感激，简直要庆幸我们居然可以有这样一个肖邦。

1810～1849年，波兰、欧洲乃至于整个世界，都远非宁静的伊甸园。可是流亡、贫穷以及那无药可救的肺结核，竟然无法侵蚀肖邦的心灵。而爱和美却又是那样容易就笼罩他，激活他。

肖邦其实不是一个强健的爱人，甚至不太适合作为朋友，他需要依赖别人，但是不足够让任何人依赖。

是李斯特帮助肖邦在巴黎的音乐界立住了脚。李斯特第一次认识肖邦，就注意到这个外表柔弱甚或羞怯的男人身上有着大艺术家的禀赋，“肖邦弹琴时没有任何哗众取宠的手法，他的演奏简单而朴素”。肖邦那微妙的旋律几乎难以被记录。素有王者气质的李斯特懂得肖邦，更珍惜肖邦，无私地扶持肖邦。可是，李斯特不明白为什么，肖邦却与他难以言喻地有了隔阂，然后就任性地不肯再亲近李斯特了。

那个开始时令肖邦紧张甚至讨厌的乔治桑，那个时代巴黎最优美的女子，给了他最好的爱。她使得他成为最好的自己，就是说，成为肖邦。肖邦几乎所有的作品几乎都是在与乔治桑共同生活的那个时期写出来的，有几首曲子根本就是直接献给他的爱人的。乔治桑那甜润无私的爱就是肖邦乐音的养料。为了让肖邦治病修养，乔治桑做出她所能做的最大的牺牲：停止自己的写作，陪伴他四处旅行，旅店里的伙计视他们为瘟疫，把他们赶走之后仍然不放心，甚至会烧掉他们用过的床单。但是他们到底还是分手了：病重中的肖邦脆弱而又神经质，即便宽容笃定如乔治桑，也在9年之后筋疲力尽。

肖邦的音乐里既没有自身性格的瑕疵，也不见人世给予他的过街老鼠般的惨痛，他只记得那些关于爱的喜悦和感动，对于美的赞叹和留恋。那19首夜曲里，得极有耐心和细心才可以品出那一丝忧伤，他把他们收藏得何其好，就算是他为祖国呐喊的《革命练习曲》、《军队波罗乃兹》，也仍然风姿款款，绝不失仪。

在没有乔治桑的最后那3年，无家无国又身负不治之症，肖邦亦只是枯萎了，但是不肯、或许是没有力气让自己的音乐有丝毫改变，他并没有写些无助绝望或充满战斗激情的作品，他无力抗争却也另有一种悍然：不肯呻吟。

肖邦与贝多芬不同，肖邦有时候会把自己与音乐分开，如果不能优美地斗争，那就放弃、那就沉默，他不是为音乐生的，他是为爱和美生的，他是转瞬即逝的彗星，音乐只是他华丽的尾翼。肖邦才39岁就匆匆离开人世，我等俗人却觉得钢琴是为肖邦而生的。

一直记得，李斯特的波兰裔情人卡罗琳曾经一针见血地说："在波兰没有一个人希望肖邦回到自己的祖国来。相反，如果他真在国内，人们会想方设法让他逃出国境，把他送回巴黎，要他在那里为我们波兰人讲话、唱歌。”所以肖邦死后数年，心脏才被带回波兰。而这些日子也断断续续从各路媒体里知道，在肖邦的祖国波兰以及其他不少地方，都有纪念他诞辰200周年的各式活动。而连肖邦到底是那一天生的，如今都没有定论，一说是1810年2月22日，一说是1810年3月1日。可以想见，肖邦并没有生在一个安然的时代、安然的国家。谁家今夜扁舟子，何处相思月明楼。一叹。

就是这样一个肖邦，仿佛他从来就不知道这世上有战争、杀戮、分裂、蹂躏、疾病、生离死别，更不曾切身经过这一切。无论肉身经历了什么，他的心，生来什么样，死时就什么样。而我们这些自命不凡的所谓强者，甚至难以安静地隐忍工作中的失意和交通堵塞。

所以要在2010年这个春天里应一次景，也纪念一下肖邦诞辰200周年。

肖邦，向你致敬：感谢你以无法被惊扰的宁静支撑着万古不懈的春意，感谢如此柔弱的你，却于污浊恶世里超拔救赎我们，并赠予我们触手可及的天堂。

重逢

电视栏目里的故事是这样的：

一对失散了的母女，重逢了。

那母亲已年近八旬，女儿亦已是一位五十几岁的退休妇人了。

母亲是上个世纪50年代援华的俄罗斯专家，当年由于尽人皆知的原因，不得不匆匆回国，自此与她的中国丈夫、女儿失散了。

近50年后，这位母亲已与她的丈夫相隔阴阳大界。

重逢那一刻，女儿扑在母亲怀里，泣不成声；母亲则只是轻轻抚着女儿的发和背，许久才细不可闻地问：这是真的吗？

在座的所有观众，悉数落泪。

片子继续记录着，已身患绝症的母亲，一直靠极微薄的退休金在一座小城里过活。如今女儿来了，便在母亲狭小简陋的家中煮面条喂给她吃，这也是一家团聚啊！可又怎么能长此以往。

女儿决定把母亲接回中国养老。于是扔下一句“妈妈，你等我”，便咬牙忍痛辞别母亲回了中国，好尽快办妥一切手续，求个彻底团圆。

女儿走后，母亲与所有的朋友、邻居说："我找到女儿了，她要接我回家了，九月就走。"

而她没能等到九月。

这个故事本已令人唏嘘了，而我更无法忘记，拍摄这次重逢的那个俄罗斯电视栏目叫做《重逢》。

栏目的男主持人是位温和而沉实的中年人，在节目即将结束时，例行向人们通报：这个月里，又有哪些人找到了失散多年的亲人，而他又以坚毅的语气和目光鼓励那些尚未找到亲人的人们："无论如何，请彼此等待。"

那样的国家，那样的民族，有多少离散的故事，半个世纪还未找到结尾。当年鲜腥流血的伤口结了痂，再次揭开，再次流血，再次疼得发抖，就这样反反复复，有些人的一生竟是这样过来的。

似乎在我们的《海峡两岸》节目中，亦有类似的寻亲章节，父母儿女，兄弟姊妹，恋人，同窗，朋友，50多年了，丝丝缕缕地牵挂着，无论多少年经历多少次失望，心底处依旧存了念想，于是对着漫漫人世轻轻呼唤：你在哪？

也看过来自韩国的寻亲片子：已近七旬的老人，远远见到一个身影，即刻双膝跪下去，手足并用地爬着，及爬到老太太脚前，仰起头时却已红着双眼哽住，半晌只说得出一个字、一个不懂韩文的人亦绝不会听错的字：妈！

许多国家是不可能有这样的栏目的。所以我们会对俄罗斯、韩朝这样的民族有着夹缠不清的懂得：都有着血流浮杵的历史，那些恶梦离我们并不遥远，老人们身上有旧的伤痕和弹片，心里藏着生死、饥饿和流离的故事。

分明是小小百姓，微末如尘，能平安团员就很知足了，竟偏偏要陪榜上演千秋家国梦，而且事到临头，竟那样的不由人做主啊。

听说，那些让历史学家觉得乏善可陈的民族是幸运的。是啊，所有大起大落、大悲大喜的戏剧总是要让活人来演的。看看那些频频被史笔大书特书的民族，要多少人的灵肉才筑成了万丈史牍。

这样的民族，最掂得出“重逢”二字的分量。

春记

阴历正月十三。每年春天都是到了烟柳满皇都的时节才会惊问：这春天怎么就来了呢？今年，下定决心，要眼睁睁看着春天逐寸到来，而且要逐寸描画下来。

阴历正月十五。虽说降温六度，虽说五六级大风，体感比三九更冷，但柳们还是漫不经心地有了春意，枝条柔软蓬松，泛起珍珠般的暗光，身姿欲飞。偶然捡到了一枝不知谁丢下的柳枝，柳条已经绿得触目，汁水盈盈。

阴历正月二十。无风无雪无雨，气温不高不低，貌似静止。但风有了些微妙的变化，迎面吹来也不轻易割人的脸了，很有些余地了。榆、杨、桃、梨、木槿和柿子树们，虽说没有发芽，但纷纷跃跃欲试地膨胀着，身形繁复饱满了许多，主干上的粗枝微微发亮，似在孕育着什么。

阴历一月二十一。清晨里的鸟鸣繁杂起来。除了喜鹊和乌鸦，偶尔听见几声燕子开始来点卯了，还有不知名的鸟儿陌生而艳丽的嗓音。南方的新茶已至，细嫩的竹叶青在滚水里绰约地荡漾着、芬芳着。正应了苏轼的景儿：“且将新火试新茶，诗酒趁年华。”春天的脚步虽说慢了些，但到底逐寸逐寸近了。

阴历一月二十三。与30余年交情的美女通电话。她兴奋地说在东城看见柳树已经发芽了。而我身边的柳们却没有这般机灵，竟一点动静也不见。不过是东城与西城，柳与柳尚且差异如许，要把春读透简直是痴心妄想。看来“春深似海”这件事真是有的。

阴历一月二十六。狂风大作。听内行人说，一场春风一场暖。而我以前只知道一场春雨一场暖。看样子狂风是春天的引子。云呢，无论如何都不会象冬天里那样厚了。云已经是这样的薄、这样的散淡。我断定了，这是春天的表记。

阴历一月二十八，今儿是雨水节气。并没有什么新的动静，春雨并没有依着节气到来。而春如果爽约了，我们除去原谅还能怎样？不忍抱怨啊！心里只有安宁，知道春即便没有真的驾临，但不会再有严酷的寒潮了。这是关于春的贞信。有了这贞信，就肯等。为了春，怎样的耐心都不过分。春当得起任何冗长的繁文缛节。

阴历一月二十九。清晨里就听见野鸭子叫，没错，就是那种头上有着蓝绿色闪亮毛发的野鸭子。春江水暖鸭先知，野鸭子就这样又歌唱起来了。杨树的嫩枝开始仰身向上，万花尚寂寂，杨们也只有此时才显得妖艳。主角儿配角儿就这样慢慢配齐了，只等上演春归记了！

阴历二月二。昨夜里听见了猫在今年的第一声叫春。今天，龙抬头。北京的天气晴朗得不合逻辑。清晨里是万里无云万里天，傍晚时分则是久违的云蒸霞蔚。这是自入冬以后第一个像模像样的黄昏。这样的黄昏算不算一个婉转的关于春的暗示呢？

阴历二月初五。阳光透过纤尘不染的蓝天倾泻而下，跌得粉身碎骨，叮当作响，四溅着闪耀；白桦的身子白了，亮了；刺玫的主干绿得不容置疑，几乎看得见汁水流向末梢；喜鹊们已经肆无忌惮，就在人们脚下贪婪地觅食，看得见紫蓝色的羽翼。但仍不敢断定春天已至。春的序幕真长，也只有它配得上如此威仪。

阴历二月初八。两天了，阴霾蔽日，满目死气沉沉。即便如此，春的脚步亦不曾息止。室内花盆里的各路小神小仙们，小心翼翼地试探着抽出小眉小眼的新芽，性急而不知天高地厚的美女们穿上了薄若蝉翼的单丝袜。春就在这灰暗、微妙与冒失中滚滚而来，浩浩汤汤，势不可挡。

阴历二月初九。清晨，望不见窗外的湖水了，原来树们不约而同地发出婴儿乳毛般的新枝来，已经彻底准备好迎接绿叶初生，湖水就这样有了一幅浅褐色的锦帐。而喜鹊们并不欣赏这幅工艺品：嫩枝于他们，是新家的栋梁。他们踏实勤恳地衔枝筑巢，对于新春不言而喻地坚信着。

阴历二月初九。暮色四合，春雨就这样从天而降。毛绒绒，黑兮兮。第一场春雨，来了就好，不指望它于无声处润物，能溅起新鲜刺鼻的泥土味道，已经令人欣喜了。

阴历二月十九。听见布谷鸟的叫声了。布谷鸟的声音不尖锐，但朗润而又有穿透力，像单簧管。即便隔着湖、隔着树也不会听错的，肯定是布谷鸟！这是春天在即的铁证。既然春天真的不远了，谁也挡不住了，反倒就不急在一时了。等着吧，消消停停地等着。

阴历二月十九。早上，窗外杨树上来了两只乌鸦。第一次这样近地看着乌鸦。发现他们飞翔的姿态和羽毛的颜色都美艳至极，绝不输于喜鹊。而他们安静的剪影则比喜鹊更美。可谁叫它们的声音那么难听呢，谁都烦它们、视它们为败兴之昭。在春天里做鸟如乌鸦，吃亏就吃亏在这张嘴上了。

阴历二月十九。阳光暖和起来了，上个秋天以来第一次觉得可以放心地以手接风。龙爪槐灰黑的皮肤润了亮了，刺玫丛已经毛茸茸地柔软起来，连号称四季常青的的松柏也似乎有了些许不同的意味，墨绿的底子上已经有数点新绿。春未至，万物已尽皆变数。

阴历二月二十二。柳们和草们稀稀落落、拖拖拉拉地有了绿意，但没想到的是，真正异军突起成了气候的竟是竹子，竹们节节上攻，在冬日里尚顽强地绿着，冬春相交的当口上，索性更加当仁不让了。

阴历二月二十二。路过河畔，惊见春水瑟瑟。岸边的水已经化得可以辨得出波纹了，河心寒冰仍在抵命相搏，可是任谁都明镜儿似的知道它们已经大势已去。其实只匆匆一瞥，就知道冬的气数真的尽了。

阴历二月二十二。掐指数来，到今时今日仍然无动于衷的角儿已经没有了。就连路人甲都睁大了眼。幕布徐徐开启，序曲乍响。正戏即将上演。屏息注视。有缘必有故，因起果必熟。道理不是不懂，只是这冬春交界时分，煞是难熬。众生好自为之，自求多福。

阴历二月二十五。正儿八经的沥沥春雨终于来了。对凡人而言，以文字描述春雨几乎不可能。好在这场雨善解人意，天黑以后方正式驾临。所以可以借用最为端正优美的版本："好雨知时节，当春乃发生。随风潜入夜，润物细无声。野径云俱黑，江船火独明。晓看红湿处，花重锦官城。"明天，将是怎样一番景致？

阴历二月二十六。才一盏酒的功夫，春夜喜雨已转成鹅毛大雪。即便是冬天都不曾有这么密实地道的雪呢。对花重锦官城这件事，看客们和角儿们真的都高兴得太早了。阴晴雨雪，昼翻夜覆。要有个定论，哪里那么容易。春，似乎触手可及，实则望山跑死马，早着呢。我这种心急之人，在雪落无痕的夜里，没了底数。

阴历二月二十六。冬春之交，世上最大的乐事应是在丽日之下静听化雪的声音。冰与雪一起自屋檐或树梢上失脚，跌个粉身碎骨，然后融入泥土。而泥土上的雪，也真不禁晒，无声地自生自灭。此刻的泥土，芬芳松懒。这样的土壤会酝酿出怎样丰盛的春？想着，春心荡漾。当然，还得耐住性子，等，死等。

阴历二月二十九。这是早春二月的最后一天。明天是阳春三月了。只能以常识推断：还能冷到哪儿去，都这时候了。三天了，分不出是雾是霾、是沙是尘。总之见不到光。什么都没有见到。所以也不知春是否真的来了，真把人抻得筋疲力尽。即便如此，依然觉得为了春付出的任何心力，都是值得的。

阴历三月初二。冬日里大难不死又半死不活绿着的那些草，率先挺直了身子；然后是新草，自枯黄的干草深处小心翼翼地探出头来。望见迎春华枝上抽出的新芽，杨们也就放心地抽穗儿了。梧桐最有气势，花苞满贯，不沾一丝颜色，但谁都看出花儿就快开了。春不会一帆风顺，亦不会一劳永逸，但，无欺。

阴历三月初四。春，至少是初春，真的来了。反证比比皆是：春节时喜形于色的春联和红灯笼，如今破旧得不堪入目；垃圾箱随着暖风而薰气冲天，连拾荒人都忍无可忍地戴起了口罩；爷爷奶奶七姑八姨成群结队地出门晒太阳，耳背的声震九天，腿脚儿不灵的挥舞着拐杖。

阴历三月初四。先行一步叫过春的猫们，大事已毕，拥着半丛干草吮着满天阳光暖暖地睡熟了。竹子在冬天里伤了元气，前些天强撑着冲锋一下，又败下阵来，至今缓不回神来。万年青左顾右盼之后终于决定抽出新芽。素馨兰已被从暖房里移到了雪松脚下，她们不知冬寒苦，不念园丁劳，忘恩负义地炫耀着自己的纯真娇嫩，得了便宜又卖乖。

阴历三月初八。春确乎来了。望春心切时，没想到春风会这么狂虐，没想到青黄不接的时节连蔬果都吃得艰难。但是，看看盛放的迎春和玉兰，享用着令人心生战栗的美，就不敢再有怨言了：既然一切都有代价，身为春风教主花下人，求仁得仁，夫复何求？不过也想：下次再倾心期盼时，得留个心眼儿。

阴历三月初九。柳冠新绿，轻软如烟。若说迎春和玉兰是春的容颜，嫩柳扶风便是春的精髓。污浊恶世里，春，宏远温蕴，君临大地，时时处处，美艳如初。是以我们为了并不纯净、绝不完美的春，竟然愿意枯等这么久而无一句怨言。

阴历三月初十。大风之后，气温骤降。一早一晚时辰，清冷森森。出门不备大衣的，不是逞能就是幼稚，真不招人心疼。懂得穿着厚暖自保的人们，只看新柳依依，便洞若观火：最糟糕也不过如此，底牌在手，以后只会越来越好了。大势已生，纵是春寒料峭，揽春而行的人自会步步生莲。

阴历三月十一。卧佛寺的桃花已经开了；梨花也开了；而我眼前的杨花已经含苞落地、蓄势飞扬。放眼望出去，草地仍是黄的，绿草的势力差得太远。没有风。看那样子高空之上，各方季风势均力敌。时近清明，百人识百相，各花入各眼。

阴历三月十三。春风温润，像那种玉一般的女子腕上戴熟了的老玉。樱花开成了片，招来了比花还多的赏花人；万年青彻底摆脱了旧衣，几乎认不得了，真不辜负这个艳名；薄荷、香椿、核桃、樱桃、柿子、石榴悉数以嫩芽呼应，仿佛暗语。而迎春已经奄奄一息。春未至极，慕春人已开始怜春、惜春了。

阴历三月十四。嗡嗡嗡，难道是蚊子不成？果真是蚊子！别说夏天未到，连春天都没到盛处，这些吸血鬼竟早早惦记上人了。《吕氏春秋》里说："孟春，蛰虫始振。"原来如此，古已有之。看来只得耐着性子忍了。

阴历三月十五。传说中的良辰美景奈何天该是今天这个样子了：

在满月的光辉里静赏春花。“掬水月在手，弄花香满衣。”难怪那么多畜生以及人打春天的主意，只因为春太美太好。春就是这样，当得起万人颂扬，容得下诸般下贱。我们拥有如此丰盛优美的春，真得有些雅量，否则怎么配以慕春人自诩。

阴历三月二十。桃花、丁香、众望所归地怒放了，杜仲、紫玉兰趋之若鹜。春天的序曲就此结束，正戏开场了。到了这种时节，最令人关注的倒是那些尚且没有动静的角儿：木槿，石榴，榆树，竟就这么沉得住气，任凭看客猴急，隐而不发，随时吊着人胃口，时刻准备着开他个平地一声雷。慕春人个个屏息。

阴历三月二三。且不说丁香时节的北京，宝光浮涌，奢香四溢，单说那玄妙的春意，满面满怀皆是，满得令人几乎浑然不觉。只有春才会如此：虚实无垠。正是：千江有水千江月，万里无云万里天。

阴历三月二四。健康的人感觉不到自己的身体，犹如春风中人早已忘记气候、忘记温度。这种无知无觉的安逸就是春的精妙了。榆树、白桦、老槐树，再怎样沉得住气也都绿意婆娑了。各路神仙悉数粉墨登场，各怀绝技，慕春人倒是不知该看谁好了。仲春时分，无风无雨，平安无事。

阴历三月二十八。迎春谢了。按说花开花谢并非异常，只是这迎春总是叫人看了心惊：抢先于百花金黄一片，逼人眼目，满世界仿佛就看它了。待到仲春的正日子真的来了，绿叶奔涌而出，突然就把黄花吃了，一副不共戴天的架势。迎春花仿佛不只是谢了，而是着实死了。

阴历三月二十八。春雷乍响，春雨倾盆，樱花也就谢了。越是娇艳的花就越不经开，越是早开口的角儿就越是上不得大台面。正宗的主角儿自然是矜贵的。直到这个时候，石榴才略略地发了些牙，竹子才肯脱去冬日里的旧服。老槐树、老杨树们一身油绿，轻轻一抖就仪态万方，其余闲角儿黯然失色。

阴历三月三十。雷声那么大，闪电又那么夺目，可没有几滴雨。昨天一整天的雾，今天好容易下了些毛毛雨。不紧不慢地，磨人。没有阳光的日子最考验各路神仙的风骨。勿忘我、银杏也不是不美的，但必得要人多势众、成行成市才叫看客看得见。不像雪松，独独一棵往那里一立，已然威风堂堂，众望所归，这才叫做丰容盛姿。

阴历四月初二。“去年相送，余杭门外，飞雪似杨花；今年春尽，杨花似雪，犹不见还家。”杨花时节，心似雪絮，漫天舒卷。看着那些倚墙的、出墙的、骑墙的花木，不知该将思绪落在何处。却原来姹紫嫣红未必就是赏心乐事。当初望春心切，竟没有想过。谁没听说过一枝红杏出墙来的典故，可鲜有人往深处想：出墙的何止是红杏呢。只是这春风如此撩人又如此暖厚，着实令人不忍责备。

阴历四月初九。离开烟柳皇都北上，方知北国仍是草色遥看近却无的时节。如此推算下来，南边应已是开到荼靡花事了。却原来自己竟如此浅薄：望春、记春，就只盯住眼皮子底下这点子事儿。还是老话儿说得好：三山有四季，十里不同天。方圆百里尚且如此，何况这泱泱社稷。慕春之人，目力有限情有可原，可心胸万不能浅窄了。

阴历四月十四。春天的花真不禁开，桃、李、樱、丁香，悉数谢了。白玉兰和紫玉兰简直提都不用提，若说花瓣一败涂地尚且可以原谅，却说它们的枝叶看起来竟毫无可圈可点之处。春天，说到底还是树们的天下。马上就要立夏了，也不知北国和南国各是何等光景，说不清这春到底尽了没有。有道是天下事了犹未了何妨以不了了之。不论也罢。

小我

不治之症

总是忘不了电影《霸王别姬》中的情节：文革中，“霸王”和妻子菊仙一同被批斗。菊仙因不肯与戏子丈夫离婚，在一片狂风暴雨中被打得鲜血淋漓。“霸王”情急之下当众大喊：我不爱她，我要跟她离婚。菊仙回家后，换上结婚时的吉服，悬梁自尽。

菊仙能对众人的唾骂毒打泰然处之，可听见自己命里的男人说不爱自己了，哪怕那男人言不由衷、身不由己，哪怕那男人其实是为了保护她，她还是会万念俱灰。菊仙曾是青楼里坐头牌的名姬，什么样的变故没经过，红尘里的事理还有什么不懂得，可就是这样的精明剔透人物，事到临头，还是过不了这关。

“我爱你”，男人这样说时无论怀着什么样的心思，女人总要信的；“他爱我”，女人用细若游丝的诺言悬系着自己，就能攀上天堂；心爱的男人在“我爱你”中间加个“不”字，那根丝便被凌空斩断，女人即刻便跌进地狱。爱，是女人的命门，得意忘形时无暇掩上，真被男人触到了，非死即伤。

南美大毒枭艾斯科瓦尔是这样死的：他本来已经成功地越狱，可他冒险打开了一直关闭的手提电话，用5分钟时间安慰惊恐中的妻子。那个电话被警方监听到了，艾斯科瓦尔旋即死于乱枪之中。还记得看到这段新闻时，办公室里的女同事几乎忘记了他的身份，惋惜之下纷纷问男同事：“如果是你，你会给妻子打这个电话吗？”男同事们则用不屑的口气说：“艾斯科瓦尔当时应该先跑到一个安全地方躲起来，等事态稳定了再联系他老婆不迟。留得青山在，不怕没柴烧。他这么死了，以后不就更不能照顾老婆了吗？这么个笨蛋加疯子，在你们眼里倒象个英雄似的。”

女人的逻辑，跟他们说多少遍才能说得通呢。

在我们眼里，在所有女人眼里，那恶贯满盈的毒枭在生命的最后半小时表现得像个英雄。身为女人，辗辗转转，谁没有几段伤心史，谁没有一本糊涂账，可谁又有本事真的让自己不再相信真爱。那不爱江山爱美人的国王，这为了安慰妻子赔尽身家性命的枭雄，即便自己遇不到，能够远远地知道世上还有，总还是好的。暗地里，哪个女人不希望成为那个矢志不渝的爱情故事中的主角。虽然后来野史家们板上钉钉地说爱德华八世是因为其亲纳粹的政治态度而迫于压力逊位的，而那位并非绝色之姿的辛普森夫人不过是各方为了面子而共同认可的解释，甚至他们婚后的生活也并不浪漫。但是哪个女人会在意呢，大家仍然认为他们的爱情是人世间的神话，于是众口铄金。

英国女作家阿加莎·克里丝蒂借侦探波洛的口说：女人最大的弱点是渴望被人爱。多少恩怨生死，这一句话也就说尽了。

爱于女人，就像感冒，不分时间、地点，都会发作，谁能逃得脱；就算一时能断了，下一次谁又能保证不复发，终身免疫这件事极少会有。

爱，这种不治之症是女人的宿命。

十年前，一位闺密15岁的女儿被送往国外读书，行前哭得眼睛都红了。连日里在一叠浅灰底框蓝色花纹的信纸上不停地写着什么，不许任何人看。到了异乡，每次打电话回来都要问：有我的电话吗？真的没有我的电话吗？

当时说起这些，我与女友交换一个会心的眼神。女友笑了，随即又摇了摇头，叹了口气。

如今，电话、微博、微信，样样触手可及，那个已经成年的姑娘，应该早已联络到了她的男主角。只是不知：他是否令她觉得自己找到了真爱。

年轮

我的柜子仿佛从来都不曾够用过，不合季节的衣物总要受些委屈，并不是总有机会见天日。季节却又总是不停地换，于是，一年里总要大大地折腾几次。

这个不变的仪式几乎是神圣的，决然不可以请人帮忙。

且关门来看，浓灰的这件薄外套乍看貌不惊人，可就是那么地经看，一向把那套闪蓝的衣裙捧得天衣无缝，可那套裙子既要退场，这外套也只有哪来哪去了。

丁香紫的这件，是略有些皱的贡缎，隐隐地有块水印子，只有自己知道那是被草莓汁染的。那时年轻，有本事足吃一大盘草莓不倒牙，专心专意地享用，毁了平日间那么得意的新衣还浑然不觉，事后却又悔得顿足锤胸，真是，悔有什么用处呢。也煞费苦心用尽了各式偏方来补救，可还是留下了这块不大不小的印子。虽说不仔细看也就看不出，可是骗得了人，又如何骗得了己。到底与从前的那件不一样了。不过从此倒是觉得这种丁香色分外地好。可惜今年仿佛未及穿几次，天就凉了，再穿上这种薄料子，即便外面罩件大衣，也总会瑟瑟，不能留了。

这件树皮色的薄毛衣上怎么就被蚀了个洞，春天装箱时我十面埋伏般安插了半包樟脑球进去，或许那些虫子已在天罗地网中修炼成精了？真是道高一尺，魔高一丈。现在要想买只樟木箱子也难了。

这件长及脚踝的灰色长大衣是母亲送我的，应是依旧温暖依旧。

那件白毛衣是一年元旦晚会前几个女孩子歇人不歇工、针儿长，线儿密，轮流上阵，一整夜一气呵成的，原因是宿舍一个女孩子的男友被一个穿白毛衣的女孩子抢走了，我们气不过，要让我们这个没精打采就知道躲在被窝里哭的室友也穿上件娇嫩的白毛衣，让她略施粉黛若无其事地出现在新年晚会上，然后新年新气象，重新托生重新做人。后来这个女孩子结结实实嫁了个好男人，生了个好女儿，轻盈地操持着一盘好生意，煞是给姐妹们争气。当年在毕业前的一片狼藉中，我私下里一直想把这件百家衣偷偷装进我的行李。可它怎么就会自生自灭呢？莫非我根本就没拿到它？无论如何也想不清楚了，真是脑子老了吗？

再说这边的去了，那边的才好来。用力提着箱底一翻再一抖，陈年老账便泻得满眼都是，不理是不行的。这个仪式从来不曾按时完成过。触摸它们，只觉上次的检阅不过是昨天的事。

随手拾起一条裙子，忽然觉得只要穿上它，便可以直接与上次穿上它时的那个场景相连接，仿佛那个未完的故事可以继续上演，这样的事应该不仅在童话中才有。

在各个季节里包裹过我的衣物此刻就这样齐齐瘫倒在床上，待选般地。满目缤纷，总会令人在刹那间无所适从。我呆呆地，并不相信真的会物是人非，半晌才回过神来，酣梦初醒时的茫然。

至于即将封存的那一团锦绣，也只得且听下回分解。斯时斯季，眼看就会过去的。

身为女子，对于岁月最为明显的感觉不是风云雨雪，不是草木枯荣，而是这件最实际的差事：翻箱倒柜。

木柜子上的那些花纹该是年轮吧，我那些如华美眷的栖身之所，经年不变的樟脑味竟似有似无。

花事

常言道：十九无丑女。其实无论男女，十九岁时节，哪里有不美的。花在盛放之际，虽说姿容各异，自然都是美不胜收。

不过上山容易下山难，真工夫都在事后。所以要论及花品，最大的考验是在于它如何谢。苏轼有云：“一朵芙蕖，开过尚盈盈。”就是说，谁笑到最后，谁笑得最好。

桃、李、樱算是一派。一旦盛开就是灿若明霞，令一众凡人一传十十传百地围观，可是不懂得攒着些力气慢慢用，不过十天半月就精疲力尽了，一旦三春过后，便败得一发不可收拾，当初晶莹剔透的花瓣，纷纷零落成尘，被当初的看客看都不看一眼就一脚踏过去，贱若泥斑。最好的命运是被宝黛之流锦囊收艳骨，高规格厚葬，可惜宝黛们是人间偏门，那里能够春春得见。所以桃李一派只有给流水落花春去也现身说法，真是天上人间呐。可是明年呢，不长记性，一切周而复始，走下坡路的命是前世就定下的，任是谁也劝不动，也救不了。

更不堪的是玉兰、栀子一类朵大而腻白的，因是春日里纯真优雅的典范，要风得风、要雨得雨，于是暗地里竟就忘了本、忘了形，忘记自己其实并不经开，更未想到要留条抽身退步的后路。未待春尽，边边角角已自行烂了，自己的根实在托不住了，就索性四仰八叉着堕落，即使运气好没有跌得粉身碎骨，也已腐朽得令人懒得多看一眼。当年的护花使者如今以为见了风月宝鉴反面的骷髅，避之恐不及。那些黄锈的花瓣，只有在风雨中自生自灭的份了，若是偶尔忍不住忆及年轻时的好风光，那些荣华富贵不仅不是福气，反倒成了讽刺，令当下的苦日子雪上加霜。

木槿就聪明得多了。盛放时自然是惊艳的，之后不动声色地收敛，待收敛得密实了，仍然颤颤地站在树巅上，决不肯落到凡间。色相渐渐比以往深了、暗了，就这样不引人注目地缓缓退场，静候大化轮回，有惊却无险。

水仙有着小家碧玉的聪慧，心里明镜儿似的知道这一辈子其实就那么几天，能够登堂入室已经煞是满足，所以从不挑拣房舍吃食，给个小盆子再灌点儿清水就行了。主家当初把自己雕刻成什么样子就是什么样子，顺着刀口喝着凉水麻利地生长，没说道，不计较。到了年三十儿、初一的大日子，香远益清，亭亭玉立，给主家添个十足十的好口彩。等过了年就自行一了百了，绝无二话，心里也知道主家会连盆子都冲洗得干干净净，蓬头垢面地赖着也没什么意思。

槐和石榴很是神似。知道自己在巅峰上是保不住位置的，就趁着未曾衰败时赶紧落回地上，再赶紧蒸发掉水分，免得烂掉后溃不成军。干爽的花瓣雨缤纷一般地饰着身畔小径上，乐天安命，总得要让看客有个好记忆。此后就把种子紧紧裹在怀里，待秋日硕果累累，也就不枉为花一世。

丁香就更加精到。仿佛没有人知道她们是如何谢的。它们盛开，然后了无痕迹。就是这样，中间没有凋谢这个环节，似乎那簇簇锦绣刹那间便直接化成了树枝。丁香有本事在众生眼皮子底下暗度陈仓，实数九段高手。

能与丁香并论的是那些有名无名的野花，勿忘我、蒲公英之类。说开就漫山遍野，翻江倒海，说谢就四大皆空，踪迹全无，转身就化成碧草连天。简直就是一出野戏。虽说大家都心照不宣地不肯提及于此，其实谁又能真的熟视无睹。

百合是喜气洋洋的花。香气浓、模样俏，名字又占着百年好合的吉利意头，所以但凡有好事，嫁娶也好、盛会也好，它是花中当然的穆桂英，阵阵落不下不说，还阵阵都在最显眼的地方占尽风光。人家八字生得好，富贵荣华的命，别个花再吃醋、再气不过也是无用的。

菊、兰和梅是一个路数的，世人都道是君子之花，可是君子的名字固然好听，但当真有君子驾临人世，还不是曲高和寡，谁叫世人大都叶公好龙呢。说这菊花吧，美得太过精致，往好听了说是巧夺天工，大白话说那叫美丽得不真实，加上又没有香气来讨好，就显得分外乏味了，谁都说它好、谁都说它美，可是又有几个隐逸者真的是其隐逸风范的知音，其中又有几个真肯采菊东篱下，结果菊花到头来只好成了葬仪首选；兰花名贵，真的是贵，若想求到一品好的，不仅要花大把金钱，更要舍得花心思花力气，可一年到头它未见得开一次，而寻常人养花都怀着势利心思，舍得掏腰包求兰、养兰的凡人真的不多，兰花只好悻悻然地空谷清幽了；而梅呢，孤洁之姿深入民心，却难得有人真的有雅兴踏雪寻梅，天下到底还是俗人多吧。再说梅字音通“没”，再怎么高雅究竟在俗世里头不讨喜，于是大都“零落成尘碾成泥，只有香如故了”。所以菊、兰和梅这一家子姊妹花总是出现在画、诗词、屏风、花盆等处，真身倒少有人去请了，谁让你作为花还非要秉君子之姿不可呢，只好被架得高高的。高处不胜寒，细想想真叫人哭笑不得。

花中女王还是要推玫瑰，其近亲月季却形似而神不似，不作数的。玫瑰盛放时的丰容盛姿无可争议地艳冠群芳，甚至无须多加评点，尤为紧要的还是它的气势，去到什么样的大户人家也相得益彰，出现在什么样盛大的典仪上也是适得其所，寻常人家偶尔请回来寻个新鲜壮个门面，那便真真是锦上添花。总之玫瑰是上得了台面、架得起声势的花，走到哪里都被人高看一眼。最妙的却是它的坦荡：就那么大方从容地变老、变干，即便被断了所有的给养，也仍不肯堕落甚至不肯变形色，直到再无一丝生机，也要绝不走样就地化成一座雕塑，即便魂飞魄散了，优雅的身姿也死成一幅风景。其实月季也是得了玫瑰些许真传的，只是到了生死大限便见了分野：月季败落时每一片花瓣都四散奔逃，骨子里的粗鄙原形毕露，顷刻间就溃不成军，狼藉得教人意欲除之而后快，连叹息一声都免了。

牡丹与玫瑰相类似，但更有一层玫瑰所不及的境界。牡丹在屋里时，拼姿色不输玫瑰，若论雍容又略胜玫瑰一筹；而玫瑰一旦离开了花瓶就显得粗糙了，这是玫瑰的死门。牡丹呢，即便在大地上、泥土里，也镇得住风云际会，艳丽得宏伟壮阔。所以牡丹有资本从从容容地仪态万方，美得底气十足。牡丹是稀有的可以自成佳节的花。

而花中的皇后级人物当推君子兰。兰本就是花中君子，再额外被突出强调冠以“君子”之名，自然就会万千宠爱集一身。话说远来的和尚会念经，这远来的花也总是娇贵。君子兰原产非洲，落户于东北的吉林，这身世传奇吧！人家老家既然那么热，却为何要在这冰天雪地的地方落脚呢，因为人家嫌弃南方空气太潮，土质太薄。到了东北，人家夏天养尊处优，冬日里待在有暖气的房间里不算，还必得是朝阳的窗台，必得是不干不湿的空气。别的花争相炫耀自己的花容，而君子兰闲闲地凭着绿叶就挣得来身价、当得起供奉。千呼万唤之后，它才会不紧不慢地开了花，立时就千尊万贵地安享朝贺。所有婚礼、开业大典一类的民间热闹，统统不会摆君子兰，到了大人物的大事情来了，再怎么千好万好的鲜花也镇不住场面了，盛在讲究的紫砂花盆里盛开的君子兰就被千里迢迢地运了来，往那里一摆，于是万事大吉。当然那些常有大会要开的大城市也自己就近培植君子兰，而那花房里的功夫又何止是迢迢千里路！无论怎样的阵仗，君子兰都安之若素，它天生就毛病多、脾气大，天生就理所当然地折腾得一众园丁、车夫人仰马翻，世人还就非迁就它不可。它不艳丽，可在它出现的地方，所有的艳丽都会变得毫无意义。皇后的架势就是无出其二。

能给诸花收官的，非莲莫属。莲出淤泥而不染，濯清涟而不妖，中通外直，不蔓不枝，香远益清，亭亭净植，可远观而不可亵玩。千年定论往这儿一摆，谁人敢不啧啧称是。所以莲作为“君子之花”的地位牢不可破。可是莲如果仅仅是君子之花，它又与菊、兰、梅有什么区别呢！莲可远不止是君子：莲花、莲蓬、莲叶、莲藕，通身是宝，看得也吃得，经得起蒸煮煎炸；自暮春开到仲秋，别的花谁有这本事；更何况，长城内外，大江南北，在人间烟火里笑眯眯地招财纳福保平安，于庄严肃穆中华丽丽地静心修道供神佛；小家碧玉、明娟淑媛、金枝玉叶，样样拿得起放得下；柔情蜜意、清雅无争，怎么说怎么是，怎么看怎么对。真真是家国天界处处生根，红白悲喜无事不宜。莲是团圆美满的命相，虚实具足的气数。大俗大雅，雅俗共赏，说的就是莲了。莲是花中之集大乘者、最上上乘者。

把各路花神在脑子里过一遍，当然不能不说起女人花。记起一个讲宋庆龄的纪录片。庆龄先生作为中山先生的遗孀，其身份不容她妆容奢艳，不容她穿金戴银，多年里她使用的颜色均为素色，其中又犹以黑白居多，但世人说起她时，公认的标签仍然是：美。而除去她，再无人能被单纯又无可争议地公认为美，宋庆龄就是美，一个字就够了。她是中国美女的极致，无须赘述的美。

有人问宋庆龄身边的工作人员：都说夫人极美，那是怎么个美法呢。

答曰：一直美到死。

禁得住世人评说又能流芳百世的花方为好花。国之瑰宝，自当如是。

吟香

香气该是花之所以吸引人的重大理由吧。将各路花仙榨髓吸精，制成香水作为女人的饰品，仔细探究起来，真算是惊心动魄的工程了。所以，我一直喜欢旁观那些名牌妖精们如何为慑人的缕缕香魂定义，好让这项曼妙且残忍的事业名正言顺、理直气壮。

很奇怪，我最先得以接触的竟是德国香水：香气清新而纯正，朝露般，来去匆匆，并无回味。名字也很贴切：科隆4711，诸如此类，绝对的德意志：像被等高线规划得整整齐齐的地图，从名到实均一是一、二是二，精确得不留余地，严禁浮想联翩。

美国香水的芳名则由具体到抽象，有些“总而言之”似的概括味道：伊丽莎白·雅顿、第五大道，无论人名还是地名，都会令人感到很美国的生活方式；当然美国人为提升自己的品位，一直在努力，他们的香水中也有这样的名字：真诚的爱、美人、喜悦。没办法，他们对于生活的追求如此纯洁质朴，令人不好意思挑剔其他：如思想、品位等。美国的香水或甜蜜或清爽，回味也不算短，决不是坏选择。

我听说过这样一句话：千万不要与法国人比品位。在香水国度里，此话太适用了。

在CD系列中有款香水叫沙丘，瓶子分赫色和暗绿两种，瓶身没有棱角，每个界面都被说不清道不明的漫弧抹得不着痕迹。味道不冲，又挥之不去，你根本无法用香还是不香来形容它，再联想到安静而变幻莫测的沙丘，只有拍案叫绝。

CD中还有二款经典。

一款是紫色瓶身金盖子，靡艳的麝香味经久不散，与体味再相混融，一人一样，千人千面。既无法捉摸，又极富穿透力。它的名字是不是该叫做“魅力”？错了，法国人叫它：毒药。一副高高在上、胜券在握的样子：我是致命的，别说我事先没告诉你，日后你被我蛊惑得死去活来，后果自负哦。

另一款的瓶身是酒瓶状，味道暖昧，恍惚地进了鼻端，似是故人来，若有所思的，你或许与我一样，觉得它的名字该是“迷醉”，但法国人给它的名字是：体温表。醇酒、心跳、脸红、颠簸的呼吸、体温忽冷忽热，你就想吧，足够你想入非非的。

灵感、夜间飞行、哉、诗、奇迹……如果事先不说，谁会设想这是香水的名字；可一旦法国人用这样的心意命名香水，你又无法想象香水还能叫别的什么名字了。

好友出差巴黎，为我带回一瓶香水做礼物。

法国人对于繁文缛节的坚持真令人尊敬：拆开蜜滑的暗灰色雕纹缎带，揭开厚实的潜纹包装纸，再然后是一层完全可以省略也经常被省略的又厚又脆沙沙作响的玻璃纸，再小心地把它拨开（心理明白哪怕再小心地拨它最终也就是垃圾，可它的气势还是逼迫我拨开它时无比小心翼翼），里面是一个灰紫色的保护架，移开它，那万千宠爱于一身的公主总算现身了：灰绿色扁金字塔状的哑光磨沙玻璃瓶身，头顶是一朵用灰贝壳雕成的百合，花蕊是稻壳般大小的一颗眼泪型珍珠。

“天，实在太漂亮，根本舍不得用。你肯定对它一见钟情。”我感慨。

“不，我对它一听钟情”，朋友说：“它的名字叫：私——生——活。”

私生活，法国人呐，真服了他们。

可心里还是想着要跟法国人一拼高下。想来想去，只想得到一个案例。在曹雪芹笔下，有个仙姑叫警幻，她在宝玉的梦里请他闻过一股异香，叫做：

千红一窟。

就是它了，所有香水的精髓不过如此。

永远有多远

“赵先生要借这只歌对钱小姐说：我会爱你，直到永远”。

“孙小姐在这个不同寻常的日子里对李先生说：你永远是我的最爱、我的唯一”。

……

如果无意间撞到电台里的点歌节目，就一定会听到类似的海誓山盟。总会莞尔：噢，永远。

说永远的人们其实并不都懂得永远的意思，但在说话的这一刻，心到底是诚的。

所以，那天听到这番话倒有些诧异：“下面这只歌是一位女士点给她先生的，祝他今天快乐。”

于是听到那个已经不复大红大紫的女歌手用了云遮月的声音咏颂出来：“我不知道风，是从哪一个方向吹。吹落的是寂寞的黄昏。”徐志摩的诗，一唱三叹的调子，音域并不宽，平稳散淡，并未刻意炫耀她那副著名的好嗓子。

反反复复，也就是这一句：“我不知道风，是从哪一个方向吹。吹落的是寂寞的黄昏。”茫然间又带了些慵懒，整个的一颗心沉在孤寂之中，自己其实是什么都明白，可也没指望超升，所以略有些凄苦也是节制的。如鱼在水。

能忆及这样一只歌的女子，也断不年轻了吧。在她与先生的那么多年里，该发生过许多事。而他们在很年轻的时候，也应该说过永远的吧。而这女子此际竟选了这样一只歌送先生，她没有提起永远，没有让一只歌承载过多的祝福、誓言以及任何深意，她的心思是如此的少、如此的浅，只是想到了眼前的这个黄昏和眼前这个人的一瞬间，她的目光至远也不过是今天。

配得起这等礼物的男子该是怎样的人物？听着这样的歌，他会不会有些狡诈又很是体谅地笑笑？真的猜不出。

年轻男女分享激情与憧憬时，谁不承望地久天长。只是，后来呢，火燃尽了呢，到了日薄西山的黄昏呢？

想到苏轼笔下的夜：“起来携素手，庭户无声，时见疏星渡河汉。试问夜如何，夜已三更，金波淡，玉绳低转。但屈指西风几时来，却不道流年暗中偷换。”

似水流年中，该发生的事一件件发生，即便是爱的刻骨铭心，谁又能帮得了谁，谁又替得了谁。到头来，在清冷无奈的一刻，仍能素手相携，一同仰天俯地，默契地忽略掉不想多说半句的往事，彼此又心知，已是罕有的大福气了。

“我不知道风从哪个方向吹。”是啊，风从哪方来，又向哪方去，来不及看清楚，就已是黄昏时分了。其中一切也都随风，心里所剩的就只是孤独的底色了。

这对夫妻，可以在黄昏里分享人生的孤独，甚至以此为乐事，也不知是怎样才修成的境界。

局外之人，想想都会心仪。

风过耳，风过尔

若说歌总还是会唱几首，可偏就是想唱又记不起、唱不全的那只最让人心痒，而听都没有听全的那些歌，不过是一句半句的随风落在耳朵里，惊鸿一瞥，却又生了根似的，挥之不去。

很小的时候就听人唱："花儿为什么这样红，为什么这样红。"天问一般。多年里每每听这歌，仿佛都只听得到这一句，下边的词还没入耳，不觉间已痴了。

有只歌，旋律随意慵懒如河底，配器是时钟声似的提琴拨弦，可讲的却是大事："似水流年。浩瀚烟波里，我怀念，怀念往年"。这样的曲竟配这样的词，加上唱歌的女子又有梅艳芳这样的名字，句句叫人听得暗暗心惊。

在节目单上看到过《断翅的蝴蝶》，这样的歌，只听名字，眼前已是流苏闪闪，虽然也就只说得出名字。

"长亭外，古道边，芳草碧连天。晚风抚柳笛声残，夕阳山外山。""一壶浊酒尽余欢，今宵别梦寒。"这样的句子，放在心里就是了，李叔同偏就敢当真写出来，而这歌还成了当年北京师范大学附属小学的校歌。真不知那些小学生唱着这样的歌还怎么敢毕业、怎么敢长大。或许是童言无忌，或许是初生牛犊不怕虎，总之一直都想不通。反正这只歌约定俗成地由童声来唱。每次听到稚嫩的奶声唱出“天之涯，地之角，知交半零落。人生难得是欢聚，唯有别离多”都觉诡异。李叔同后来出家了，成为弘一大法师。

在老得几乎不敢转的留声机里放张老唱片，刚好听周璇的歌。“浮云散，明月照人来”，下面的声音丝丝拉拉，像被固化的时光发出的呻吟，听不清楚。就是这一句，虽说的是天上的景致，可想想歌里明月下地上的人，即便不是自己也仍觉得好。

“在哪里，在哪里见过你。好象花儿开在春风里。”前半句起势平平，而引出来的后半句看似简单，实则珠玑无穷，可以入禅的。亦张亦驰，亦深亦浅，浑然天成。作者的工夫真是了得。

好的诗总可以入歌。因有人唱，才听说海涅有这样的诗：“乘着这歌声的翅膀，亲爱的随我前往”，“那花园里开满了红花，月亮放射光辉，玉莲花在那儿等待，等她的小妹妹。”“紫罗兰微笑着耳语，仰望那明亮星星；玫瑰花悄悄的讲述她芬芳的心情”，简直看得见歌者如飞天般一边拂开飘飘衣裙一边笑着回眸，转身又飞走了，而那目光令夜色旋即变得稠密芬芳，刚听了一句，听者只觉自己的身与心在如许的歌声里顿时就生出翅膀来。

“灰色的小兔跳来又跳去穿过戈壁，可看见美丽的阿瓦尔古丽。”苍凉的天幕下，有痴心人宿命地痛苦着，执着而安静。一句话已可成一首歌。这样的境界与手笔大概只在民歌里才会有吧。

读书时，有首英文歌里唱“Shy like an Angel”（天使般羞怯），被男生音译后变成“杀了你喂狗”，中午在走廊里敲着搪瓷饭盆用破锣般的嗓子嚎叫出来，女生每每听了都笑得喷饭。现在再想起也还要笑，几乎笑出泪来。

常常是忽然就唱起一句歌来，眼看就要把自己感动了，可刚好到了节骨眼上，那词那曲好象呼之欲出，却怎么也唱不下去了。也曾试过把那些歌找齐全，不行的。那歌叫什么名字？谁唱的？你什么时候听的？让人家一问，也就词穷了，支支吾吾地说，只听过这一句。人家就说，这可如何找去？

原来歌也讲缘分的。也就不再着意去找了。风过耳，风过尔，随它去吧。只是心里从此就会多了一条浅浅的斑痕。

我爱肥皂剧

某晚有事请教一位老者。电话那边，虽然他竭力礼貌周全地掩饰着，说次日到了办公室里再给我打电话讨论，可我还是明显地感到他希望赶快把话说完。最后他到底有些不好意思："抱歉，连续剧马上就开始了，每天只演两集。"我笑出来："我知道。我也要看连续剧，正事明儿再说吧。"这位已近七旬的老人居然与我一样有此等庸俗爱好，我心里一下子就欣然无比。

其实即使是对自己，平时都不太好意思承认自己爱看肥皂剧。俗气的情节、夸张的对白，象一块肥皂没完没了擦出的肥皂泡，千篇一律，看了头就知道尾：反正再怎么波澜壮阔之后总归是天道酬勤、好人好报，看得人人都觉得自己料事如神，甚至颇具编剧天才。

可是我们这等凡人，既然没读万卷书，也未行万里路，上不能经天、下无力纬地，让自己庸俗地坐在电视前看肥皂剧总是可以的吧。每看到剧情如我们所料的那般皆大欢喜，总是长出一口气：总算有人善始善终、功德圆满——我们当真是信的，并不觉得假。

不过，这样的运气并不经常有，因为从头到尾看完一部肥皂剧的机会并不多。我们为了讨一份平常的生活而忙得身不由己，忙得总是看不完那些令我们牵挂不已的故事，那些聚散承合，竟时常会不知所终，怎不叫人怅然。

把肥皂剧看个有头有尾，还真的不是那么容易，所以即便冒险让别人笑话，那位长者还是坦然承认自己未能免俗要看肥皂剧，好在大家是同道上的自己人，谁又笑话谁了。

难怪琼瑶一类会那么的吃香了。且看当年琼瑶麾下那些清丽脱俗的女明星，一茬接一茬熬得老大嫁作贾人妇，能相夫教子、终日饱食人间烟火就已经算是很理想的结局了。可琼瑶阿姨自己却屹立不倒，不断对她的梦想配方进行局部微调，神指一点，那些换汤不换药的肥皂剧立即又爬上收视排行榜首位，新一拨儿玉女明星就算诞生了，赚得个名利双收的满堂红。

还真不能说人家琼瑶俗，人家这些毫无新意的招式能百试不爽，还不是因为我们俗？我们好这口儿啊。琼瑶从不讳言自己是美梦制造者，她没有骗我们，是我们自己要骗自己，非要相信那一切都是真的，这怪不得别人。

其实仔细想想，周围诸色人等，闭眼信手将哪个人的经历记录下来，都足够一部肥皂剧的，都奇异曲折得不敢置信，要将所有的苦与难全部浓缩在十几个小时里讲述，谁的故事又不比屏幕上的悲欢更叫人唏嘘？幸好生活像一汪巨型湖泊，冲淡了所有辛酸，我们仍然愿意坐在屏幕前忘我地感慨别人的血泪。

那些斑斓的肥皂泡，廉价、俗气、自生自灭，托福于它们，我们填补了多少空寂的时光，又借以忽略掉多少真实的苦难与幻灭。

重庆素描

习惯于夏天里洗过的衣服用太阳爆烤两个小时后就干得透透的，收回来时可以闻得到干爽的阳光味道；习惯于冬天里从冰天雪地的室外回到家，打开门时那扑面而来的暖气。象我这样正宗的北方人，几年前还在重庆最冷的季节踏踏实实地过了一个冬天。

在重庆，第一天下班时就赶上下雨。重庆的雨，不打伞头发和外衣都会被粘湿，可打了伞又好生的奇怪：怎么伞未湿可肌肤又是潮的。重庆冬天的那种冷，不会结冰，可一直冷进骨头里。

天色半明半昧，游丝般的黄昏雨，令那些车水马龙全都影影绰绰。

其实也并未到掌灯时分，可路边的小店里已经在火锅的引领下灯火通明。人未走进去，已闻得到麻酥酥的香，于是立即觉得自己已饿得不能再等了，叫一碗热气腾腾的米线捧在手里，缓缓地暖着自己的胃和心。

邻桌是一对情侣，面前是两碗火红的牛肉面，女孩子一张苹果般饱满的脸涨得发红，我虽然不完全听得懂四川方言，可从那爆豆般的语气里也知道他们在吵架。那女孩子突然张大了嘴，不是朝着牛肉面而是朝着男孩子的手咬下去，男孩子并不躲，用另一只手环住了女友的肩。僵持几秒钟，两人同时笑了，用眼睛虚虚地瞄着对方，女孩子出声地吃起面来，眉梢眼角尽是得意。小店的桌子能离多远，我分明看到男孩子手背上有两行鲜丽的牙印子。

我吃着手里的米线，半碗下去，全身的血都烧起来，嘴则没知没觉了。

起身付账，店主十八九岁的样子，蓬乱的头发，额上尽是汗珠，接过钱竟有些腼腆，搓着围裙殷殷相谢，那种诚心与面子上的礼貌完全两回事——其实两块钱的生意罢了。

外头仍是那不动声色的风雨，天已暗下来。刚才的那一身汗根本不算数，出门便连打了几个寒噤，本以为自己已经暖透了呢，到头来只剩下舌尖上的一缕麻而已。紧紧地裹住外套，心里已经在眷恋刚才的小店。我以后大概会经常在濡濡的水气里扑向那一盘盘香辣酥麻吧，象一个真正的重庆人一般，一次次燃烧血液、吃掉舌头，然后上瘾，一辈子也戒不掉，哪怕日后出了川。

路上一排一簇地有很多棒棒[①]，人手携一根竹子。一双双纯净的眼睛安然嵌在薄暮里。当年青翠有节的竹，也不知要在他们的肩上手里磨砺多久、担多少重负，才可以散发出如今圆熟温和的光泽来。听朋友说他结识了一个大哥，春秋在乡下忙农事，奉母护屋；冬夏农闲

① 棒棒：是指靠一根棒子生存的人。

时在城里当棒棒，一根竹子担着儿子在北大读书的一应费用。

路有些滑，加上为了迎合无数个转弯而设置的桥和洞，住处虽说不远，在我这个北方人看来却几乎跋山涉水了。

随了一条台阶走下去很深，发现自己进了两山间狭小的夹道。没有路灯，依山卖杂货和橘子的小贩点着跳动的瓦斯火。脚下的泥水被映得闪光。一个卖银耳和香菇的小棚子里，有人在放着一只歌。细一听，是《滚滚红尘》：

> 分易分，聚难聚，数十载的人世游；来易来，去难去，爱与恨的千古愁……

玻璃佛

有个做过很短时间同事的女孩异常美丽，不知是通了哪家的灵，认真而笃定对我说起：你的本佛是释迦牟尼。

于是自那个夏天起，我心里就有了一愿：要一只玉佛。

对于玉，我还是有些窍门的。我知道有些黑心的玉贩子将玻璃里用激光打进去些绿斑，就充A货翡翠卖。可是，我却在高人处学了一招，将一根长发缠在玉上，以火烧，真玉上缠的发是烧不断的，而假玉上缠的发则会立即在火里化成灰。这个识玉的秘诀令我胸有成竹。早晚机缘到来时，我要请一只名副其实的玉佛坠子。

当闺蜜在灯下小心地为我取出一只玉佛坠子时，我惊喜之余松了一口气。这只玉佛坠子一寸来长，通身水润晶莹，隐隐有几条绿斑，完美得无可挑剔。戴上她自峨眉山为我请回的玉佛，我真的觉得华枝春满，天心月圆。

慢来，秘诀，我的识玉秘诀可以用上了。

我眼睁睁看着我的头发在玉佛身上化成了灰。玉佛是假的，我这亲人般的挚友被骗了，她千里迢迢重金买回了一只玻璃佛。我气得直想飞身到峨眉山去质问那骗子，怎么可以欺负一个诚心请佛的女子。

她是怎样欢喜地捧来了这只玻璃佛呀，她怎会知道有人骗了她——其实没有人能够骗她，因为她贞信无疵。

看来我只有背着闺蜜将这玻璃佛打入冷宫——放杂物的抽屉。

在夜最深最黑的时分，我骤然醒来，脑子里竟清凉如水，一个念头静静地浮现：你可以扔掉一块玻璃，但你怎能扔掉佛。你自以为是地觉得自己能识玉，但，识佛——你配吗？你能吗？你该吗？可你居然就敢！

道高一尺，魔高一丈，骗子们有本领混淆造化，却怎会有大能扰到佛。

第二天清晨里，我给千里之外的挚友打电话："你给我的佛我晚上都压在枕头下面，天天跟我在一起，天天护佑我，真好。你记得印光法师说的吗：'佛愿宏深，十方共赞；生心恳到，九界同归。苦海无边，回头是岸；乐邦有路，起信即生。'"

自那时起，我天天枕着这只坠子。我相信自己那么顺，那么安，那么有福，一定是因为这尊玻璃佛，我信。

为父亲树碑立传

几年前听一位朋友讲了一个朋友的朋友的故事。

一位某知名媒体的副总编，在他父亲84岁寿辰过后的那年，决定在老人家85岁的时候，送给他一份寿礼。

于是，在近一年的时间里，这位儿子几乎放弃掉所有的应酬，在每天的晚饭之后，以娓娓聊天的方式采访他的父亲。

这位父亲貌似平凡：没有做过官，没有出过名，没有赚过什么大钱。可是，一个男人，生儿育女，养家糊口，然后平安地活到84岁，而且这个过程刚好横亘了中国的二十世纪。不必了解细节，也知道这是一部活传奇。

人老了，讲话断断续续，记性更差。但是，这位儿子并不着急，用录音笔把老父亲的唠叨逐日录下来，以平日里对待工作的方式用功整理，然后为父亲写了一部传记。

到了老人85岁大寿那日，孝子请来所有请得到的全部亲友，郑重首发父亲的传记，并向在场所有人赠书一本。听说那位老人家捧着儿子呈上的厚礼，老泪涟涟。

事后，这位孝子跟朋友感慨：本来是想讨老父亲欢喜，没想到原来最大的受益者竟是自己。“这是我自己一生最好的文字、最重要的作品。”

每次给朋友讲这个故事的时候，都会不明所以地红了眼睛。而听这个故事的人，无论男女，通常亦会红了眼睛。

我们的父亲们，其实都是传奇。而我们并没有为他们树碑立传。

所以，向这位不曾谋面的孝子致敬。

你们也有今天呢?

今年的电视节目比起往年来更是出尽百宝。因为是外行，只看些热闹，所以我觉得今年颇可圈可点的节目是几则手机广告。

一位儒雅的帅哥，得体地喝着咖啡，却不知道自己已经被邻桌一位美丽的女子选中了，人家以手机作诱饵，设了个局将他骗出门，在半路的电话亭里一把将他擒获，不由分说的一吻之后，又随手像抛皮球一样将他抛开，那帅哥抚着腮帮子上的口红印，望着女子裙裾飘飘的背影傻楞楞地站在那里，整个晕了。画面上是那女子得意洋洋的面孔：舍我其谁?

同一款手机的另一个广告版本：在一个热闹的晚会上，一位英俊的小生手里拿着手机，不知是他还是手机引起了一位美女的注意。她款款走来，一双雪亮的妙目毫不含糊地盯住他："能跟你借电话吗？"同时根本不等回答就自小生手里将手机优雅地拿了去，旋即胸有成竹地转身走了。那女子根本不回头，她不回头也知道那小生会追过来，她知道他跑不了——绝不仅仅因为她拿着他的手机。

另一款手机的广告异曲同工：一个女孩子领着一个男孩子进屋。女孩子干脆利落地锁门、关灯、拉窗帘，一气呵成后向男孩子走去。男孩子踉跄着向后退着、躲着，女孩子不慌不忙地步步紧逼，一副胜券在握的样子。男孩子已退到墙边，无路可退了，女孩子于是双臂往墙上一卡，不容质疑地罩住了那张尴尬的脸。男孩子用企求的目光看着女孩子：“别，别。”女孩子的眼睛直冒绿光：“闪你。”

没想到注意这些广告的不仅是我。在一次聚餐时说起来，原来地球人竟都知道了。一位先生对它们的概括是：遭遇女流氓；一位女士的总结发言为：早就知道要出事儿，没想到形势发展得这么快。如今这世道啊，真的要变了。

没多久又看到了一个新的栏目，叫美人关。只见台下清一色的小姐，台上是十来位先生。先生们奉命表演唱歌、跳舞等才艺，还要跑、跳、游泳等展示体能，更要回答各式刁钻古怪的问题以突出自己的智慧和反应能力，最后，他们得在台上把自己脱得不能再脱了，当场测量三围并报给台下的小姐们。当然，在所有项目中均须保持讨好的笑容。折腾透熟之后，先生们要等台下众位小姐在充分的品头论足和尖叫声中评选出她们认为最有吸引力的先生予以嘉奖。未被选中的当场后退两米，那位幸运地闯过了美人关的先生自然要对美人们的垂青千恩万谢。

看到这里，突然忆起很久以前看到的一款顶极口红的广告：一群女子自晚会上出来，不想外面大雨滂沱。远远地有车灯在闪，众人争先炫耀着美丽的脸拦车。开车的绅士一眼看见了涂着鲜血般口红的女子，于是选中她，将她载走。那位中了头彩的美女回头，向那群正在抱怨不已的同伴得意地说：谁让你们不用我这样的口红？而这样的广告只有上个世纪才有，新世纪里几近绝迹了。

看着台上被选的先生们搔首弄姿的样子，我揉了揉眼睛，待相信这一切都是真的，我竟笑出声来：

“哈哈，世道变了！你们也有今天呢。”

逝者如斯

昨夜下过雨。

清晨上班前，立在车旁呆了：黑色的车身被彻夜透雨冲刷得纤尘不染，微微闪亮的车顶上星辰般地落了一层血色的石榴花瓣，象丝绒衬着的珠宝。

以惊艳的心情将车驶向大街。脚下有意加了速，那些鲜血般的花瓣自车顶飞上天，应是一景。心里窃喜。

等泊好了车，再看，竟有十来片花瓣仍嫣红的停在车顶，身畔是昨夜同伴的印子。那样的急驰之下，真不知它们如何有本领安身的。

感叹之际，有朋友的短信进来，提醒我注意今天一个曼妙的时刻：

“Do you know? At 12hr 34 minutes 56seconds on 7th August this year，the time and date will be 12：34：56 07/08/09，1 2 3 4 5 6 7 8 9，this’ll never happen in your life again!Amaze your friends， be the first to tell them!”（可知道，今年的8月7日12点34分56秒将会被写为1 2 3 4 5 6 7 8 9，终君一生，不会再有。让它惊艳你的朋友们吧，成为第一个告诉他们的人吧）。

车场里的洗车工人已凑上来：“小姐，昨天晚上下雨，您看您这车这么脏，给您洗洗吧。”人家要为我收拾残局呢。

我拈起一片花。它在我指尖殷殷地红着，鲜嫩得直欲流出汁液来。剩下的那些，仍在阴霾的辰光中旗帜般招展着。

我叹口气：“你洗吧。”

“可是小姐，您这车上有垃圾，还有垃圾印子，不好擦，您多加两块钱吧。”

垃圾？我这艳得载歌载舞的花是垃圾？是的，垃圾！

我点头：“好，我给您加两块钱。”

那些劫后余生的精灵原来是垃圾。我再低头看看手里的那片花，然后二指一松，它也就是尘了。任凭它当日曾怎样地盛开过。这便是为花一世了。

想起了不久前的日全蚀。据精密计算，这是百年来最完美的日全蚀。这样的惊艳时刻，不免令大江南北万人空巷。

是啊，一生一次的时刻、百年一遇的惊鸿，怎不叫人凄然怜惜？

那些巧簧重重的数字、那些端丽绝妙的天玑，过上百年总会如约而至，可叹我们那微末如尘的一生啊，竟然真的会一去不返。

师傅轻声抱怨：“快到秋天了，这花也往下落，叶子也往下落，车是越来越容易脏了。不好擦啊！您得勤着点儿来。”

我唯唯诺诺，原来各花有各命，不是每朵花都引人观赏收藏赞叹。

许多唐诗选本的压轴之作竟都是无名氏的这一首：“劝君莫惜金缕衣，劝君惜取少年时，花开堪折直须折，莫待无花空折枝”。小姑娘般的口吻，是天真而气急败坏的催促，何止殷殷，更有切切。自以为嚼透了，咽下去，这才觉出舌头根处留下的却是无奈的苦楚：有些人是来不及摘，可摘了还不是顷刻就谢了？自是人生长恨水长东。

“原来姹紫嫣红开遍，似这般都付与断壁残垣。良辰美景奈何天，赏心乐事谁家院。朝飞暮卷，云霞翠轩，雨丝风倦，烟波画船，锦屏人忒看的这韶光贱。”如花美眷尽皆归于似水流年了。

原来，大家都是一路这样过来的呀。莫非逝者如斯就是这样的了？

没有作为神祇的花瓣被当作垃圾一扫了之，已经何其幸运。

我举目向天，轻轻祭拜我唯一的一生中永不再来的这一刻。

阅世

将军决战岂止在战场

我是个完全意义上的球盲，连业余组里的准球迷都不算。我为什么敢班门弄斧地谈谈足球呢——咱们都知道关于足球这事儿很多特专业的球迷都懒得说了。因为我要说的这个典故好像不仅跟足球有关。

话说2002年，就是中国足球好像号称冲出亚洲、走向世界的那年——原谅我说话含糊，我关于足球的知识实在有限，所以很多事儿看不懂、说不准。

还是说2002年那个夏天吧，那简直是球迷的节日啊。在球迷的节日里，我所做的最多的事是：为球迷同事们分担观赛时的工作，为家里的球迷们准备观球时的水果。实话实说，我没有觉得这球与我有什么干系。

而我的一位朋友是铁杆球迷，在那个夏天，他不惜早早排好时间、放下一切俗务（当然跟足球比，任何事儿均为俗务）、备齐金嗓子喉宝及诸如此类物资，飞赴韩国为终于首次挤进世界杯的中国队加油助威。其热情令人叹为观止。

中国队打道回府的同一天，我们的球迷也回来了。他给朋友们讲起了他的世界杯花絮。

世界杯真正是球迷的节日，平日里踏破铁鞋无觅处的球星，在这时节里常常会得来全不费工夫。比如，我们这位标准球迷就在大街上遇到了正在闲逛的罗纳尔多。他当然不失时机地冲过去请罗纳尔多签字。令他惊喜的是，罗纳尔多很谦和，不仅爽快认真地为他签了名，始终友好地微笑着，最后还与他挥手告别；他还在另一个地方遇到了当时中国国家队的一位在球迷心目中分量极重的球星，他也同样冲将上去，请其签名。不过遗憾的是，我们的这位球迷朋友这时恰巧没带本子甚至手里连张纸都没有，我们的大球星不耐烦地、懒洋洋地问："签哪啊？！"我们的专业球迷立即虔诚而执着地要求那球星把名字签在他的T恤衫上。我们的大球星无可奈何地命令道："你抻直点！"谢天谢地，他还是签了名。

"可是，可是啊。"我们的朋友用了两个"可是"一笔带过了他当时肯定难以形容的心境，代之以一副哀莫大于心死的平静凛然。于是，于是啊，我们这几个听众仿佛亲历了此情此景。

作为只注重结果而不懂欣赏过程的外行人士，我观看了2002年世界杯的决赛。即便我连什么是越位都不懂，我还是觉得好看、来劲、过瘾。俗话说，不怕不识货，就怕货比货。

我看到了为巴西队一锤定音后又锦上添花的罗纳尔多，我看到了兴奋得满场狂奔又被记者围得水泄不通的罗纳尔多，我看到了庄严地亲吻大力神金杯的罗纳尔多。我于是仿佛看到了在大街上微笑着为球迷签名的罗纳尔多。

我悠然记起：就是这个罗纳尔多和他的队友们，曾经在结束了2002年世界杯中与中国队的比赛后，骄傲地拒绝与中国队交换球衣。我可能永远不是个专业球迷，可这事儿从此就算镂刻在我心里了。

如今，四年一度的足球预选赛仿佛是轮回重播的故事，脚本高度一致，令人不得不认为期间有极为必然的逻辑链条。作为足球的局外人，我的愤怒远不及那些内伤累累的球迷，但是不可能没有半分思考。

一支足球队由11人组成，就是说足球比赛时场上大都会有22位球员博弈，它要求每个队员必须时刻作出判断、行动，并准备为其行动承担后果，而其博弈原则复杂，事件多点发生的特点是其它种类的赛事中难见的，场上的裁判亦即法官很难观测到所有的细节、很难保证每一次瞬间完成的判断和裁决均十全十美，同时他又拥有绝对的权威和极大的自由裁量权，这一切使得足球成为比赛过程中最富戏剧性、比赛结果最难预测的运动。这是足球引人入胜的原因，却也对其制度安排提出了更高的要求。

足球能吸引更多观众的目光，自然也就最具商业价值，自然就更会引来各路英雄的参与，自然会令大英雄有垄断它的动力。而对于足球制度的垄断，必然将其异化为潜规则大行其道、显规则徒有其表的表演，而由于足球赛事自身的复杂性，足球又是对于制度土壤和硬件设施依赖度最高的运动种类，极难在民间四处开花结果，所以我们就看到了四年一度的简单的轮回，更看到了逆向淘汰制度如何制造了前面所说的伪球星们。

将军决战，岂止在战场。

审判

翻腾旧报纸竟发现一则以往并未深究过的旧新闻：美国一个因对130余个未成年人实施性侵犯的前神父约翰·吉奥汉在监狱里被同监的犯人合谋暴打致死，且其过程凶残周密得令人发指。

并非因为吉奥汉在狱中又有什么言行为其招来杀身之祸。

原来，法律的审判只能到监狱为止，刑罚的方式除了尽量无痛的处死，剩下的方式无非是剥夺自由，区别只是年份长短罢了。无论罪犯的罪行怎样的千奇百怪，法律的判决是以丧失自由的时间长短作为标准，删繁就简、标准量化、殊途同归，这或许就是所谓的法治或文明。

然而对于罪犯，法律既不是始，更不是终。宣判之后一旦进了监狱，还有另一重世界等着他呢。

那些杀人犯、强奸犯和抢劫犯，他们有自己有别于多数“无辜者”的另外一套判断体系，他们同时赋予自己执法的权利。听医学界的朋友说，对儿童实施性侵犯者在监狱中通常面临严重危险，因为狱中的杀人犯、强奸犯和抢劫犯认为对儿童实施性侵犯是极度重罪，因此力求与其划清界限。

犹如东方国的神话中，一个人伤了天、害了理，人间的惩罚最恶毒的即是：你不得好死，你死后活该下地狱的。可是，原来死并不是穷尽，而只是另一个开始，地狱据说要分十八层的，在最下面的那层中的恶魂，永世不得超生；而在地狱里，被挖眼睛还是下油锅，自有阎罗来作主，前世的德与行要被逐一清算，另有标准与规矩，与尘世大异，却可以自圆其说。

法官依据法律条文将那同时亵渎了人性和上帝的约翰·吉奥汉投入监狱，其余的事他就力所不能及了。其实监狱并不是人间地狱，丧心病狂的残暴刺痛监狱里的恶鬼，导引出了人间地狱。

对于约翰·吉奥汉以及许多其他罪人，法律的裁决永远都只是一部分，无论人们的意愿如何，他们都必须接受另一群人的再次审判，而审判的结果与法律又经常并不一致。

而假设约翰·吉奥汉被法官判无罪，他从法院重新回到我们这仿佛很有道理的文明社会之后，他所做的一切就可以化之为无？他是否可以逃脱再次面对与法律和监狱中的犯人所持有的标准均完全不同的另一次审判？

是还是否？我发现原来我不知道我希望得到何种答案。

何谓的上帝

偶然间读到凯恩斯对牛顿的一句评价：牛顿把宇宙看成是全能之神设下的密码。

于是记起小时候读到过伽利略说过的一句话：数学是上帝用来书写宇宙的文字。

而晚年的爱因斯坦，对于上帝亦颇多思考与感悟，只是读他的传记是很多年前，记不准他的文字了，大约说我信仰斯宾诺莎的上帝，即是极致的理性。

上帝是什么，上帝是人类的禁忌与局限。

上帝提示我们：人并非无所不能，更并非无所不知。

这或许是许多杰出的科学家晚年信仰上帝的原因：总要走到自己知识与智慧的尽头啊，总归要孤独无依，灵魂与心性总是要随着它们所寄居的肉身归化于虚无啊。

较之于未知世界的庞大，谁又有法子回避自己的渺小与局限。

于是将自己交付于上帝。中国的伟人将自己交付于天命，其实都是一样，殊途同归。

高处不胜寒，即是这个道理了

他们有权利的。他们曾是不怕虎的初生牛犊，他们曾是不知天高地厚的叛逆者，他们曾经挑战权威与公理，他们曾高歌着离经叛道，他们曾经对所有的怀疑、批评和嘲讽置之不理，他们中的许多人甚至以无神论者自诩。

可是，到头来，谁把秋捱过。但他们成为经典，成为无所不能的权威，当他们被奉为神明，他们的眼前却只剩下未知世界的无尽黑暗。

一个人知识的体量越大，其与未知的边界线就越长，就越能体会到未知世界令人敬畏的无边无际。老子说：所经愈多，所知愈少。于是所经所见愈多，就越知道自己相对于未知而言的渺小和贫弱，就愈发不敢骄傲。怎会不“独上高楼思悄然，月光如水水如天”，怎会不“念天地之悠悠，独怆然而涕下”。

智慧使人谦卑，谦卑使人单纯，单纯才会虔诚，是以智者大都并不复杂。上帝原来可以使人类有如此美妙的逻辑。

当然，他们笃信的上帝应该与许多人所信的那个上帝有些不同。所以从这个意义上说，我对爱因斯坦更多了一份敬重，他至死相信理性，即便个体不可能解决所有未解之谜，但是他仍然不认为人类会被不可知的虚无所控制。这样的境界只有无私之人可以到达。

为卡拉季齐祈祷

卡拉季齐被捕了。

其中珠玑，绝非我等百姓可以窥视。

见到这则新闻，不仅扼腕叹息。虎落平阳。怎样的一只虎啊！

据说卡拉季齐将会被引渡到海牙国际法庭。

海牙国际法庭，谁都知道是怎么回事。

13年，南斯拉夫人民已经很令人尊敬了，要知道那里既是弹丸之地，更是众矢之的，藏一个人不易，藏一只虎更难。不需要很有想象力也可以想见，会有很多次有惊无险的劫后余生吧，又会有多少次众志成城的化险为夷？他们有本事到火星上取土壤标本，但他们在巴掌大的地方找了13年才找到卡拉季齐。就说萨达姆吧，外国人才来了几天呢，那么快就被出卖了。

我记得二战里，南斯拉夫是欧洲唯一一个无须盟军解放、独自赶走了德国侵略者的国家；我亦记得，《瓦尔特保卫萨拉热窝》中的男主人公扮演者，是前南斯拉夫演员联合会主席，9年前，他曾率领艺术家同行们手拉手站在萨瓦河大桥上，以胸膛迎接异族飞机投来的炸弹，而他的同胞，那些普通得无名无姓的同胞，顶着轰炸为他们的英雄飞行员送葬，头上炸弹倾泄如雨，送葬的队伍踩着整齐庄严的步伐行进，纹丝不乱。

而科索沃战争后，欧洲诸大国再不肯追随他人穷兵黩武了。因为他们的神经远不及被轰炸的南斯拉夫人坚强。

所以，向英勇、坚韧、有担当的南斯拉夫人民致敬!

再说会卡拉季齐吧。米洛舍维奇被捕后，海牙不可能放了他，又无法在如今的世道下活活绞死他，于是他们毒死他。几年前，这件事尚可以不了了之。如今，他们是否仍然敢在众目睽睽之下，再用下流手法把卡拉季齐也做了？我与全世界一起，拭目以待。①

---

① 2016年3月24日，卡拉季奇被海牙联合国特别法庭认定在1992年至1995年波斯尼亚战争期间犯下种族灭绝罪行和其他战争罪行，判处40年监禁。

这就是人民

尤记得当年奥巴马就职的大日子。

创造了无数个第一的奥巴马，就职典礼当然彩头不断，简直就不必赘述。

倒是想说说布什。也曾拜读了布什卸任总统前的告别演说词。作为一篇讲演，恭喜布什，他的写作班子水平一流，立意、文采、结构均无可挑剔。如果请写作课教授打分，肯定是个A+。

遗憾的是，布什是位总统，是位即将卸任的总统，他的作文分数不是由教授决定的。通篇讲话对于下一位总统的祝福例行公事，似曾相识；对于个人政绩的宣讲有些底气不足；对于错误的检讨避实就虚、令人难以信服；对于美国价值和号召力的宣扬不仅显得老生常谈，而且在金融危机背景下，美国的“自由”、“市场经济”神似于过街老鼠的当口，略显滑稽。

还能怎样？其实“911”的祸根到底是怎样种下的、次贷危机到底是何时、又怎样生出的根，谁能说得通透？可是气数这回事还是有的，也真是难为布什了。

作为一位执政了8年的大国领袖，在离别之时即便听不到什么好话，被大家广泛关注一下、最后享受一下聚光灯的灿烂总归是应有之议。不幸的是，布什发表卸任演讲之前没查黄历，或者说，布什近期的黄历上大概写着诸事不宜。布什总统的风头居然全都被两只鸟给搅和了。

故事是这样的。

据说根据美国联邦航空管理局的统计，1990~2005年，美国共发生大约65000起飞鸟撞机事件，据统计大约每1万架次就会发生一次。

真应了中国一句老话儿了：不怕一万，就怕万一。结果在布什同志大书离愁别绪的前一天下午，有两只鸟接连撞击了美国航空公司的一架刚刚起飞不到一分钟的飞机，就是说，一件概率只有万分之一的可怕事故发生了。英勇而幸运的飞行员和救援队员戏剧性地拯救了全体机上人员，使得他们悉数得以生还。所以，在布什同志向全美国以及全世界发表告别演说的时候，美国的那些刚刚上早班的编辑和记者们，把过多的注意力和版面及时间慷慨地给予了这件由两只鸟引起的从天而降的新闻，结果布什告别演说所获得的无论赞誉还是批评，均远远少于预期。往深里一想，就是说，广大媒体工作者认为美国人民应该更感兴趣的是这场有惊无险的空难，而不是他们的过期总统说些什么。

美国人大概不讲究三九严寒这个说法，可是，布什同志啊，寒天饮冰水，滴滴在心头。

奥巴马今天顶着高达80%的支持率光鲜就职了，而他的前任布什同志的支持率在离职前破纪录地跌至了20%。而同样是美国人民，在数年前开始那场如今令人下不来台的伊拉克战争时，曾经给予布什总统以空前90%的支持率。不知奥巴马和布什今天是否想到了这些数字。

记得，拿破仑曾在凯旋时分，微笑着在万民欢呼中闲闲地跟随从说：日后历史把我送上断头台时，来欢呼的亦会是他们。

如今奥巴马已经荣升为跛脚鸭了，你方唱罢我登场，世界舞台上或许会多一个女性美国总统或者一个不靠谱的非典型意义总统。奥巴马发表离职感言时的心情较之于布什大概好不到哪里，不知他届时是否会怀念就职典礼的那天。

奥巴马，奥巴马们，其他国家的奥巴马们，这就是人民。当然，或许你们跟拿破仑一样，早就知道的。

从贝利的乌鸦嘴说起

我不是球迷，谁叫我一声伪球迷那都算是抬举我。

所以在此我先不说足球。说说几天前听到的几句未经确证的消息，据说我一向敬重的学者张五常先生表达过这样的意思。

中国在自己的道路上取得了长足发展，当下中国一个很大的危险就是被那些受过西式正统教育的博士、教授们按照西方的方式把中国经济搅乱了。听说张五常亦有这样的说法：好奇心促使一个人成功。牛顿的研究最开始也是由好奇心引起的，学经济科学不能想赚钱。故而，他并不主张年轻学子们忙着去拿博士头衔，他觉得，如今的博士普遍不能做到用浅显的话语来向受众解释深奥问题。

在此把道听途说列出，是因为我不仅对张先生所言深以为然，更重要的是，我想到了曹植的名言："盖家有南威之容，乃可以论其淑媛；有龙渊之利，乃可以议于断割。"就是说拥有绝色女子的男人，才有权利评论其他女子是否文雅美好，拥有龙渊宝剑的人才配炫耀割金断玉的荣华。

张五常先生早年在加州大学经济系获博士学位，导师是现代产权经济学创始人阿尔奇安，上个世纪六十年代，张先生为科斯工作，而此公是诺贝尔经济获得主。张五常还曾当选美国西部经济学会会长，是第一位获此职位的外国学者，且多年来成果斐然。1991年，张五常先生作为唯一一位未获诺贝尔奖的经济学者而被邀请参加了当年的诺贝尔颁奖典礼。

瞧瞧，照着曹植的定理，张五常有权利责备经院派经济学家并不真的懂得中国，亦有权利批评如今博士学位中的水分。张五常教授说这种话，即便是不同意他观点的人，亦决然不会责备他，人家的分量在这里呢。

绕了这么大圈子，终于可以说说贝利了。

我这种连越位都看不清的伪球迷也早在十几年前就知道贝利是著名的乌鸦嘴，赞谁就等于毁谁，百发百中。

即便如此，每逢世界杯，记者们仍然乐此不疲地去采访贝利，让乌鸦嘴对准麦克风把胡话传达给全世界像我这样的八卦之徒，而我等伪球迷和真球迷也都津津乐道贝利大爷的最新版本预测。本届南非世界杯，他老人家一如既往地乌鸦着。

我们居然可以容忍甚至盼望了他这么多年的胡说八道，皆因人家是贝利，是球王，人家拿了三次大力神杯，进过一个又一个足以载入史册的球。

贝利有权利胡说八道，或者说贝利无论说什么哪怕是胡说八道我们也都愿意关注、愿意原谅。我倒是也想当个著名的乌鸦嘴呢，可是哪位闲适的记者会有心情在全世界播撒我的唠叨？

说了张五常和贝利这正反两个例子，就该说说郝海东以及郝海东们了。前几天顽强的朝鲜队以7：0的大比分输球，他们显然很是开心，很是放松，放松得简直忘记了掩饰自己的开心。他们居然跑出来说朝鲜队的不是呢，叫我们一众真球迷和伪球迷说什么好呢？

贝利长盛不衰的乌鸦嘴是胜利者的特权。而如果没有马拉多纳的范儿，其余闲杂人等还是以娱乐的心情欣赏世界杯的每一场比赛比较妥当。

当然，各行各业都难免出现郝海东，说不定自己就是也亦未可知呢。想到这一点就觉得修行不易。我提醒自己引以为戒。

《图兰朵》说

在书房里翻闲书，听见隔壁电视里飘出了普契尼那首著名的《茉莉花》。是合唱，高音区不仅嘈杂而且贫弱，完全冲不到顶，合唱队的音质亦参差不齐，不仅不能圆融，连气息都合不上。

好奇，电视台怎么会播出这样的节目。走过去看个究竟。

画面变幻莫测，雍容更兼恢弘，那种不容置疑的美象锤子一样砸进来，只要看了就休想移开眼球。

原来是张艺谋新排的歌剧《图兰朵》。

以往听过一版《图兰朵》的。由祖宾·梅塔指挥伦敦爱乐，帕瓦洛蒂与萨瑟兰携手出任男女主角。关于帕瓦洛蒂与萨瑟兰的演唱，能够用语言形容的部分极其有限，以最好的音响听来也找不到瑕疵，就象明明知道一副苏绣山水源自千针万线，可就是用放大镜也找不见针眼儿的。真可以说说的倒是合唱队，无论高低错落，都像是为钻石作铺垫的藏蓝色天鹅绒，密实细腻，处处有暗光。

梅塔的这版《图兰朵》我只是听了CD，不知是否还有VCD，但是我听了很多遍后，仍然没有生出去找VCD的念头，实在因为太知足：无论主角还是龙套，所有的人声均有金石之象，而乐队呢，所有的管乐部和弦乐部均如人声般温暖。人声与乐队全然熔融的声音传出的是炙热的深情，犹如巨流入海，看见的是水，可感到的是势。梅塔竟不可思议地做到了使自己灭失。

若说音乐可以好听又好看，维也纳新年音乐会就绕不过去了。

每年照例看直播的维也纳新年音乐会。于我，这不是为了迎新，而是为了哄自己说，有些事是不会变的。今年的新年主题是经济危机，去年是被言之凿凿而如今被媒体抛弃的炭排放问题，更早些还有网络泡沫等，乱哄哄你方唱罢我登场，元旦话题年年岁岁，鲜有雷同。所以新年里最叫人怜爱的就是这些不变的仪式吧，比如维也纳新年音乐会。

维也纳有那么多风光无限的宫殿，地底下埋着那么多曾经无限风光的伟人，维也纳做过那么多个“国家”的首都，但维也纳仍然是维也纳。在新年里想起这些，犹如想起某个奇迹。

维也纳象个女祭司，年年坚持给这世界一个优美的幻象，于是我们就相信这幻象是真的，永世不变。

其实也明白物是人非，但何必要逼迫自己验证。盛装的观众仿佛每年都一样，华服济济，珠光闪闪。大同小异的曲子，毫不走样的优雅，维也纳爱乐那著名的弦乐部呀，象一匹老缎子，虽说是箱子底儿的东西，但厚实柔韧，轻轻抖动就一如既往地光彩熠熠，一条杂丝儿都没有的。

创新嘛，当然是有的，今年是海顿辞世200年，故用了他的《告别》。海顿是维也难滋养出的巨人，如今就躺在维也纳，加上第一次在新年音乐会上亮相但实则是维也纳老熟人的指挥丹尼尔·巴伦博伊姆（Daniel Barenboim），这样的创新不仅顺理成章，而且胜券在握，跟历年的创新一样中规中矩，没有悬念的成功。

安可照例是三支。第一支年年不同，但总不出大圈，总归是斯特劳斯家族某一支优美但又被遗忘已久的曲目，是啊，这个家族仿佛受过诸神的偏袒，佳作无数，找到这样一支适合作安可的曲子易如反掌;第二支安可照例是《蓝色的多瑙河》，照例在刚刚起奏两个小节时就被不可克制的掌声淘气地打断，指挥照例心照不宣地做出一个无奈的耸肩，假装严肃地回身制止观众们任性的热情，然后转身重新奏出对于维也纳新年音乐会而言不可或缺的《蓝色的多瑙河》，结尾处的余音照例被迫不及待的掌声所淹没；第三支也就是最后一支安可照例是《拉德斯基进行曲》，随着小军鼓敲出熟悉得令人心疼的引子，这支曲子的表演者照例变成了观众，而乐队此时谦逊地为观众的掌声伴奏，指挥照例信心十足地抛开乐队，面向观众挥舞着手臂。维也纳的观众无疑堪称最专业的观众，他们无需排练，年年都在指挥一双手的庇佑下把掌声演奏得抑扬顿挫，恰到好处。

所以可见声色兼具并非不可能，只是太难。这种难并非是钱的问题。好比是若想要甘甜，有的人即刻就会去找来砂糖，甜个一步到位，甜个立竿见影，甜个不留余地；可是有耐心的人会说：你等着，我去酿蜜。如果买卖双方都耐得住性子，数月后蜜才会来，蜜的甜是香的、厚的、有回味的。而且蜜不会腐朽。

而维也纳新年音乐会把惯例做着做着，升华成了信仰。

或许我太老土了，总是认为歌剧就算在音乐中独霸一隅，这东西虽然可以看，总归是要让人听的，所以最紧要的衡量指标还是唱得如何。主角、配角以及合唱队的唱功均入流了，那么华美的舞美就好比是自然数身后的零，多多益善，越多越大；否则，不仅可惜了那些人财物了，还吃力不讨好。说到底，都是白花花的银子啊，花得若不值得，虽说不是我的，我还是心疼。

也不知这银钱与意蕴的相关系数该以怎样的公式统计。记起《刘三姐》中唱的：“唱歌自来心中出啊，哪有船装水运来。”

把惯例升华成信仰，凭着张艺谋一己之力也真的难。或许，如今的我们已经不想听到心声，也不愿意潜心等待酝酿的蜂蜜了。

不能说，不能说

一直觉得，在公众平台上满足八卦看客的好奇心，把私人情爱拿来大书特书，实在有失斯文。

可是世道艰难，演艺界人士不靠着绯闻，只靠为人和演技为生，简直就象古时候名妓卖艺不卖身一样艰难，就算是有也是凤毛麟角，要求人人如此就不切实际了。

有时候会谅解卖相好的艺人贩卖自己的爱情甚至父母公婆孩子。谁让我如此庸俗地热爱八卦，谁让真正值得尊敬的艺人越来越少，何况就算是洁身自好的艺人，也会遇到人不找事、事来找人的窘境。

所以把趣事当做点心吃。

且看某位名人在《舞林大会》上令观众讶异的表现，荣获了一个新的头衔：芙蓉姐夫，其正襟危坐的形象与捧哏耍宝的扮相实在是娱乐节目收视率的福音。该大师自己并未觉得有何不妥，他一直说，我都退休了，端庄一辈子了，赚些养老钱有何不妥。无意中叫人明白他以前的端庄多么有失本色，硬是端了那么久着实委屈他了；他一直担心别人对自己私生活的关注度不够，尤其是怕公众忘记自己的绯闻，在新书中将绯闻官司认认真真地唠叨了一番。

也读到，一直在自己的领域里红透半边天的两位女星，多年来已经要风得风要雨得雨了，近期却突然相继出来澄清：观众们，你们以前都想错了，我们成功从不靠神秘关系，我们的成功完全是我们自己才华卓著、勤奋用功。必须要强调的是，我历来都特别低调！然后便将自己健在的和去世的家人一一做了介绍，亦顺便详解一番自己的衣饰。尤其要紧的是借助媒体的扩音器发挥好嗓子的优势振臂高呼：我单纯！我敬业！我善良！我幸福！

我一向敬重的易中天先生，也终于被蚊子般的娱记咬得烦了，无奈挥起手来噼噼啪啪清理周边的空气，我不禁一叹：易先生也坐不住了，真是赏给那些小人们脸啊。

洪君彦先生也终于忍无可忍，不吐不快，所以我们这些八卦爱好者看到了《不堪回首——我和章含之离婚前后》。洪教授不是娱乐界人士，并无必要为自己的人气炒作，在这个时候出版这本书把尘封多年的事实讲出来，定是因为已逾古稀之龄的他，担心有些事情再不由本人来澄清，可能就永远无机会澄清了。而如果不去澄清，只恐暮年里都要被莫名陷入不义了。毕竟大家是人，还没有修炼成佛。

啰嗦这许多话，其实只是铺垫，我真正的想说的是，前两天无意中看到了一个关于秦汉的电视访谈，实在惊喜。

秦汉和林青霞的故事在数十年里养活了多少代娱记、填补了多少我们这些无聊人士的好奇心啊！但是，专业八卦的我也注意到，我们听到读到的，向来都是来自林大美人单方面的版本。所以，当那位韧性了得的主持人坚持要向秦汉请教他与林青霞的故事时，我几乎屏住了呼吸：这是等了近30年的八卦新闻大谜底啊。以前简直没人敢问这个问题，幸好这个年轻的主持人初生牛犊不怕虎。

面对主持人的追问，秦汉的脸上缓缓浮上了那著名的微笑，半晌没有说话，沉静得真令人心焦。或许出于老艺人的修为，不愿意令年轻的主持人难堪吧，半晌，秦先生终于还是轻轻地说："两个人的事，不足与外人道。"说罢，再次奉上那幅刀枪不入的微笑。

然后秦汉自己掌控话题，说些老幼咸宜、人畜无害的内容。那微笑舒朗得毫无做作之嫌，却又令人退避三舍、近不得身。

我听了，几乎想拨开电视屏幕冲将上去道谢了。

谢谢你，秦先生，感谢你让我们这些俗人知道：谢谢你为整个娱乐圈示范：何为沉默是金；谢谢你令八卦爱好者相信：有些原则是无可质疑、必须坚守的底线。

听过这样的句子：有些事不能说，不能说。一说就错。

旧货市场失火时的妇人

把思想写成文字，是多少读书人的毕生心愿。自己其实也清楚，世间一切享受都不及书写和把玩自己写好的文字更加醇美，只是，像所有醇厚且有绵长回味的享受一样，若想自书写和文字中获得享受就得先让自己静下来，得先为其付出心神和时间。推而广之，所有至高的享受都绝不会轻松地被获得，比如克服了极点后的长跑，比如了解了历史和其中机窍后才可以真正欣赏的音乐和绘画，比如超脱于日常冗繁琐碎之后才有慧眼看得懂的天地山水，比如相交多年的知己间才会有的心心相印。所有可以轻松获得的享受或浅薄、或短暂、或后患无穷、或折损自身。

一直想把写字的心思付诸行动，可是尘世繁华，样样彩艳、样样动人，尤其紧要的是，样样都比安静的思考和写作来得容易。一直苦恼于自己对于如此心爱的文字竟持着三天打鱼两天晒网的态度，一直怜惜那些在脑子里一闪即逝的、本来应该记录却因为懒惰而永远失去了的思绪。是一直有貌似合理的理由让自己漫无目的散漫：聚会，饭局，某个好玩儿又不动脑子的电视剧，购物，小手工，不一而足。

但一直原谅着自己。因为内心深处的虚荣和傲慢。总是觉得自己丢失得起，总是觉得自己对于时光和心绪有把握，觉得自己有权利浪费。不知天高地厚的优越自恋，更加可鄙的是，竟然以此为荣，还美其名曰：从容淡然。

这个貌似宁静的晚上，在网上流连时我被这张照片镇住了。这幅照片的名字叫《旧货市场失火时的妇人》。

照片的背景是火光与浓烟笼罩下的旧货市场，火应该已经烧了不小一会儿，地面上有狼藉的烧黑了边角的破烂货，有被消防水喉喷射过的灰烬。而照片的主人公显然是个拾荒为生的老年女子，猝不及防的劫难毁了她的生计甚或是生活，破旧的货品对于他人或许只是信手扔掉的垃圾，于她却是整个人世。她绝望地坐在水泥地上，尘满面、鬓如霜，臃肿的棉袄和破旧的帽子抵不住冬日里冷风和救火冷水的双重侵袭，她干裂的嘴唇张得那么开，用树根般的手抹着眼睛，自静止的照片里，我仍能那么清晰地听见她洞彻心肺的恸哭。

这是一张写满了文字的面孔，岁月一笔不落地记录着她的所有际遇和心情。可以想见她是这样如燕子衔泥般构筑她的小小窝巢，她的卑微该有何等顽强的内核，可以想见骤然失去一切的她是多么无助，她的绝望令人无法漠视，但她结实、饱满、蓬勃，她那树根般粗壮的手自会重新不遗余力地劳作，无比倔强。

在这幅面孔的映衬下，我的懒散、傲慢、自鸣得意、浅薄、虚伪，竟尽皆原形毕现、无所遁形。

这位老妇人在这个日子里神谕般地令人警醒：你有何德何能呢？你有什么权利可以漠视自己的拥有？又有什么权利可以漠视时光流逝？你有什么权利假设自己可以对于文字和思想肆意奢侈地挥霍？你有什么理由自信可以蒙得灵感之神永世眷顾？你懂得何谓失去？你又懂得何谓珍重？

较之于这位妇人，我的多少忧伤被映照出无病呻吟的本质！而我自己所拥有的一切又能说有多么的安稳——以至于我可以自以为是地认为生命已经是一个常数、我的世界安稳无欺、永续太平？

从今天起，得时时提点着自己，立誓要以精卫填海的心意对待文字、日日不辍。那就从这位老妇人开始吧。

自此之后，要记得，即便是玩世，亦应恭恭敬敬。

跋
Afterword

白纸黑字是为礼

小时候爱看电影《刘三姐》，里面有一首歌好听得如清泉入喉，听一遍就记得清楚：“多谢了，多谢四方众乡亲，我家没有好茶饭哎，只有山歌敬亲人。”

桑，要我怎么谢你呢，烹茶烧菜你自己就做得完美，跑腿效劳对于万里之外的你是空话，珠翠华服你又不喜，再说又有什么样的大世面是你没见过的，总之俗世里的一切，你样样都安顿得比我高明，想来想去，怎样谢你都嫌轻薄。

所以，桑，既要谢你，也就只有这一本素来被你我认定了是神圣的白纸黑字了。

这两个本子都是经年里你送我的生日礼物。一个是最朴素的笔记本，就像我们中学时代写阅读笔记交作业用的那种，墨绿色的麻布面，略显灰黄的细格子纸，带着你的气韵：端端正正，仪态万方；另外一本则极为贵重，纸是手工土法制作的，纹理间依稀存着某种植物的叶脉。本子皮同质，但厚了许多，嵌着薄若蝉翼的花，精妙完整得简直不似真花。装订用的线也是手工搓成的又细又匀的麻线，针脚密致。

送我时，你总是以手摩挲几番才递给我，殷殷咐嘱：“你得在本本上写字了。”说一遍还不放心，总是再说一遍：“你可一定要写呀！”庄严得仿佛赋予一副江山社稷。

每过一阵子你就会催问：“你在本本上写字了吗？怎么还不写呢？不许偷懒！”

其实我不是偷懒才没有动笔，只是这本子这么美，真怕自己多年不好好写字，字体已经难堪得上不得台面。而白纸黑字，在你我之间，那是天大的事啊，怎么可以随随便便。

暗自临了半年多的《张猛龙碑》，好在字无百日之功，于是觉得字迹又大约能看得下去了，对得起这些纸和你的心，这才好动笔。

然后踏踏实实写字。

期间你送我一整套木心的书。你指给我看一个句子：“把自己一个字一个字地赎回来。”

我懂你的意思。于是一个字一个字地，把本子当做道场待——勤谦恭敬。

如今这本子上的边边角角都磨损了，这是可以有说辞的：家、办公室、回老家、出差、出游，甚至地铁上，无论做什么、到那里，这本子我真是走到哪儿就带到哪儿啊。可惜本子皮上还留下了水印子和油迹。其实不是没加小心的，但虽可说是持之以恒，却未做到万无一失，害得它陪我一同染上了人间烟火。其实接了这本子我就在心里立誓要精心着用，绝不糟蹋一点的，可不过数年的工夫，当时的那份心居然就淡了、疲了，这就不可原谅了。所以也就不找理由了，这当真是我的错呀。

让我可以舒一口气的是，在大节上我总算是可以向你有个交代的：我在你给我的本子上写字了，虽说断断续续吧，可过了数年，我到底这样水滴石穿地把两个本子都写得满满当当，白纸黑字的，没有敢空置一页啊。也不知道写得好不好，只有宽解自己说："没有功劳，苦劳也是有的"。

就这样完成了功课，也成全了自己。若不是你，哪会写出这么多字。所以我要在这里长揖及地：桑，谢你了，真的。

你总说我身上有侠气，说我是江湖中人，可你竟不知道自己才是至侠，侠气得连个侠名都可以不计。

记得有一次你害了重感冒，但我们有事必须一起出门，于是我去接你，妈妈竟问："咦，悦殊你学会开车啦？"原来妈妈竟然不知道我会开车。于是我们这才意识到：多少年了，无论我们一起出门做什么，永远是你接送我，哪怕是这些年来我们相隔万里，你每次归宁时仍是如此。你我对于我的懒惰和你的大度竟都自然而然地熟视无睹！你已经向朋友倾尽了一颗心，而自己竟浑然不知，却又时常念叨朋友是如何的帮你、替你设想。

你就那么不分青红皂白甚至不自量力地护着我，当年我欠了笔孽债，而你明明事先反复警告过我火坑不可跳，而我那本来就蠢的脑子偏偏在紧要的时候又进了水，结果摔得个伤筋动骨、鼻青脸肿。可你没有翻一句后账，甚至没有一句废话，到底还是自己借了钱来帮我还，还要嘱咐我千万不可以找外人接钱，你说你受不了我四处张罗钱的样子，那样就不好看了，你逼我发毒誓——我只有你一个债主。即便是四面楚歌的时分，我的心神散落一地，而你竟还替我顾忌着气节。

待我把日子渐渐过得康宁了，你一眨眼就不再是那个披肝沥胆的大侠了，又轻轻松松蹦蹦跳跳地做回那个重色轻友、努力抽空才与我一起吃零食聊八卦的小小闺蜜。

三十几年了，我病过、伤过，走过、归过，好过、坏过，逆过、顺过，迷过、醒过，流血流泪时总是知道自己永不会走投无路，只因你自会扶我、救我，你铁定会是我柳暗花明的那一村；得意洋洋时你总是不遗余力地为我锦上添花。若非这样的有恃无恐，这些年来我怎么会走得这样有惊无险又堂堂正正。我心里总归是有底气啊：我是做得起我自己的！你是这样的好，待我又好成这样，我就是真有个同胞姐妹又能如何？想到你，我就觉得自己富可敌国。

于世人世事面前，我是骄傲的，于你这里，我则要捂着胸口念佛了；别人说什么我尽可以爱听不听，对于我他们又知道多少；而你说的话我就要信了，这不是一年两年、三事五事积累下来的。

你说我的文字功底是几十年于不经意间得来的，因为实在是爱，文字已成了一种生活方式，犹如我洒在后花园里的奇花异蕊，本来只是因为兴致好才日日侍弄它的，因为太近太熟了，竟不知道它已结成了果实；经你这样的点拨，它才成了宝。所以呀，我竟不敢说它完完全全就是我的，犹如没有奉过佛、诵过经的那串菩提子，算不得法器。

所以我定要一直好好写字，把文字当成后半辈子的营生。想到我就可以这样的顺天安命了，心里一松。

有道是“大恩不言谢”。我若真要谢你，就该这样一笔一划、白纸黑字地写下去。

平生一片心。

悦　殊

2016年10月1日

《道德战争——现代中国在价值观上的挑战》

作　　者：张东才
出版时间：2014 年 6 月
定　　价：38.00 元

这是一本从宏观上探索和思考价值观的书。作者曾被邓小平接见过（见 1979 年 5 月的《华侨日报》）。他写的《美籍华裔教授张（东）才对我国人事体制的建议》（1988 年 8 月 19 日）被《经济日报》作为内参报送中央领导并得到当时中央领导胡启立、温家宝和宋健等人的高度赞扬。这本书于凤凰卫视“开卷 8 分钟”栏目（2014 年 9 月 30 日）被隆重推介。

《国祚密码——16 张图演绎中国历史周期律》

作　　者：姬轩亦
出版时间：2014 年 12 月
定　　价：38.00 元

本书以详实的数据和严密的逻辑推理再现了公元前 841~1949 年的华夏民族兴亡史；从国际关系学和社会学的角度深入分析了我们民族历史上那些至关重要的命运转折点背后的强大动力；用现代语言诠释中国 4000 多年的政治伦理和政治实践；透彻地解剖了华夏民族的编年史“如何打破华夏民族分久必合、合久必分的历史宿命”...... 告诉你支配这种规律的竟然是一个周期率。

《缶庐拾遗及其他——献给吴昌硕诞辰 170 周年（插图本）》

作　　者：吴民先
出版时间：2015 年 1 月
定　　价：48.00 元

吴昌硕是近代杰出书画家兼篆刻家，这本集子是其后人搜集吴各种轶闻和资料编撰而成，给热爱书法艺术的人以启示。

《湖南长乐古镇文化（插图本）》

作　　者：周明剑　余耀宗　刘泽龙
出版时间：2013 年 6 月
定　　价：32.00 元

长乐，乐其天乐其道乐其人也。这本书为长乐古镇的建制沿革、族源、宗教、建筑、语言、艺文、民俗、传说等做了近乎百科全书式的展示。既有“田野调查”式的大规模采风实录（如歌谣部分等），又有颇具知识含量的高精度治学解疑（如方言部分等）。此书真实生动地呈现了湘北农村历史人文画面，令人不忍释卷。

《民主不是万能的》

作　　者：王千马

出版时间：2011 年 12 月

定　　价：35.00 元

这是一本优秀的对话集，作者通过与 10 位意见领袖的对话激励我们找到属于自己的心声。本书上了宜兴教育局“关于印发《全市社会教育机构读书活动实施方案》的通知”中的红头文件，文件特别推荐本书并指定“各类教育(培训)机构教师必读其中(3 本)的任何一本；《小康》杂志特邀中央党校教授、经济学者等联合开出了“推荐官员阅读 50 本书”书单，本书位居其列。

《创造力——推开潜能世界的大门》

作　　者：[加拿大] Judan

出版时间：2012 年 6 月

定　　价：48.00 元

这是一位犹太人结合中西方读书和工作经验的理论研究和实战经验的总结，是关于学习系统建设和学习理念及其方法的实战手册。从平凡也能到卓越，这不仅仅是一本关于创造力的书，而是一本蕴藏无穷智慧的佳作。

《华尔街局中局》

作　　者：宾　融

出版时间：2011 年 6 月

定　　价：35.00 元

全书以 37 个图表从专家角度把华尔街投机客手中精美包装的垃圾一一深入剖析，再现华尔街各大传奇公司上演的倒闭潮和跌宕剧，让人深思资本市场中的道德缺陷和金融体系的弊端；5 类针对信评机构的监管法则锁定海内外资本市场如何防范资本金风险，其对“变局、残局、对局”的深入剖析，贯穿了博弈论的思想，作者从资产证券化和金融产品创新的角度，挖掘出危机背后一系列深层次的、错综复杂的、美国的政治体制与经济政策方面的内生性根源和风险点。

《7 天学会古琴（插图本）》

作　　者：杨　青

出版时间：2015 年 7 月

定　　价：48.00 元

杨青老师录制古琴专辑《琴·歌》获 2011 年度十大发烧唱片奖；曾受邀担任 2009 年度及 2012 年度 CCTV 民族器乐大赛古琴组决赛评委；这本古琴艺术教学作品（配光盘）一书已被今年的非遗大会会务组内定为会务指定阅读书。长年的教学经验使杨青先生总结出一套独特、高效的古琴教学方法，这本书是一本古琴艺术短平快的作品，可让大众很快吸收古典文化艺术的熏陶。

《纸牌大厦：卢瑟经济学之21世纪金融危机》

作　　者：安　生
出版时间：2015年4月
定　　价：48.00元

本书出版最大的贡献之一，不仅在于揭示问题的实质，更在于印证了一点：在当今条件下，即便是卢瑟，逆袭成功也是有可能的，可以让卢瑟们在复杂的市场经济中学会顺势而为。本书以精邃之洞见抽丝剥茧，将大国宏观经济博弈的张张底牌，清晰地展现于我们眼前。

《卢瑟经济学》

作　　者：安　生
出版时间：2014年4月
定　　价：35.00元

此书以马克思思想为基础，并参考了西方主流经济学等人的观点，提出资本主义运行方式存在固有的内在不稳定性。本书还探寻了权利与繁荣的秘密联系，并帮你构建与当前社会结构相适应的个人策略体系。

《授之以渔我收网——销售组织齐心协力之道》

作　　者：谷荣欣
出版时间：2014年6月
定　　价：35.00元

这是一本关于销售、管理和组织齐心协力之道的书，重在系统全面的协助组织提升销售生产力，建立组织内部信息对称。更难得的是作者运用心理学、营销管理学和人力资源学并结合自身一线在四川和重庆硬是打败了在国内其他地区无败绩的国外知名软件大品牌，首创国内品牌完胜国际品牌且在两地市场占有量豪取70%份额的傲人业绩，书中大量的案例来源于此。

《儒商管理学》

作　　者：周北辰
出版时间：2014年6月
定　　价：35.00元

本书展示了中国儒商文明与中国式管理的七大要素和现代企业文化与管理制度的八大要素。作者将儒家经典和管理案例奇妙结合在一起，以期帮助中国企业家建立有中国特色的企业文化与管理制度，建立儒家传统的管理之道，提升中国企业领导人的人文与哲学素养。本书还阐述了两个重大问题：儒商精神与儒商管理模式。儒商精神的培育与儒商管理模式的建立，标志着中华文明由传统“农耕文明”型态向现代“商业文明”型态正式转型的开启。

精品书快讯

《驾行中东17国（插图本）》

作　　者：刘　武
出版时间：2011年6月
定　　价：35.00元

本书记载了央视资深记者刘武驾车走过17个国家的的探险录，从中东地理涉及到人文和风俗人情等，配有大量图片及速写（为南开大学东方艺术系主任赵均教授画）……本书得到了伊朗和叙利亚等中东大使馆的大力赞许，张建伟和卢跃刚作序。

《寂静的青春》

作　　者：吴　端
出版时间：2015年2月
定　　价：38.00元

这是一本试着以历史唯物主义的理论与方法，来研究青年在近、现代人类社会快速发展与变革过程中，起到的独特作用和重要意义，以及它所表现出来的带规律性的本质特征。这对建立起科学的经得起历史检验的青年观和建设青年学科理论的核心理论很有帮助。

《久违的芬芳》

作　　者：李晞海
出版时间：2016年7月
定　　价：35.00元

我们通常喜欢悲剧的小说，觉得这样造成的遗憾难免会有一丝涟漪值得久久回味，但本书不认可只有悲剧结束的故事才算得上经典完美。本书讲述的是18世纪欧洲西部一个偏僻的部落庄园几十年间发生的三代人之间的爱情故事。

《医院绩效变革》

主　　编：秦永方
出版时间：2016年5月
定　　价：88.00元

作者在医院和医院管理技术研究院第一线研究了30年，自2009年新医改以来，他深入各级各类医院调查访谈医院管理者及医务人员近2千人，从实践中汲取管理营养，认真研究医改新政，探索与社会和谐互动的医院绩效管理模式，本书稿更加侧重实操的研究成果。

《观察》系列（双月刊）

主　　编：杨其川　王　强

出版时间：2012 年 11 月

定　　价：30.00 元

《观察》每一辑有选择性地就中国经济社会变革与发展中遇到的某一个焦点或者难点问题作出探讨。《观察 1》以“发展与均衡”为主题,《观察 2》以“重塑实体经济”为主题，即将出版的《观察 3》以“生态城镇化”为主题。集子收入的作品和作者都是经济界知名人士，分别采用了张维迎、滕斌圣、谭云明、孟书强、石正方、徐枫、韦森、余永定、茅于轼、魏杰、张茉楠、张锋强、易宪容、黄茂兴、许小年、巴曙松等人的文章合集。

推理小说系列（两本）

作　　者：马　天　王稼骏

出版时间：2012 年 11 月

定　　价：25.00 元

《1/7 生还游戏》整个故事是由一笔巨额遗产引起，这种古典推理小说的模式大大增加了阅读乐趣，能吸引大量的本格推理迷阅读；《诡异房客》不仅描写了富含日系风格的离奇凶案侦破故事，也对社会上的一些阴暗现象（如对精神病人的歧视等）进行审视，富含哲理。作者有业界被称为“中国的东野圭吾”。

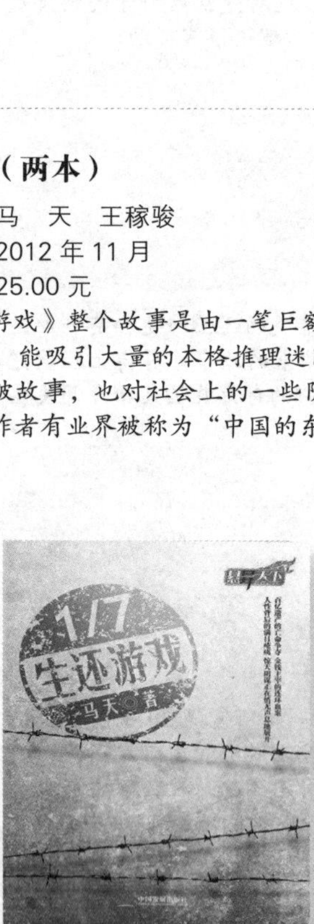

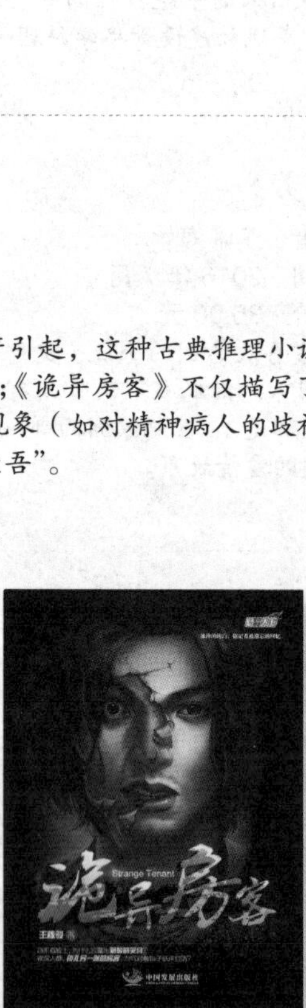

精品书快讯

《公共幸福系列》5 本

作　　者：[日]矢琦胜彦

出版时间：2012 年 6 月

定　　价：35.00 元

矢琦胜彦，现任日本芬理希梦集团名誉会长，京都论坛事务局长。他在四川凉山培植了越光稻谷成立“信赖农园项目”，认为这个地方或许可以成为未来不发达国家的人们摆脱困境的发展典范......以此为动力撰写出此系列图书：《幸福经营之道》、《良知物语》、《印度植树物语》、《信赖农园物语》、《和商实学》。

《新京报十周年丛书》5 本

作　　者：《新京报》

出版时间：2013 年 11 月

定　　价：35.00 元

“新京报十周年精品系列”共 5 册，新京报践行“品质源于责任”的价值观，以主流性、敏锐性、时代性洞察时局，引领舆论，推动社会的文明进步，成为一份具有全国影响力和世界影响力的新型时政类主流城市日报。这是该报社创刊近十年（2003~2013）来优秀获奖作品的精选集，此集子的出版给传媒行业提供了实践样本和动力。